www.tredition.de

AF185010

Lena Mogk

Das Erbe von The Black Hand

© 2016 Lena Mogk

Verlag: tredition GmbH, Hamburg

ISBN
Paperback: 978-3-7345-6760-5
Hardcover: 978-3-7345-6761-2
e-Book: 978-3-7345-6762-9

Printed in Germany

Inhaltsverzeichnis

1. Die Felsenhöhle

Ich lief zwischen den Felsen hin und her. Vor der Steilküste blieb ich stehen. Ich ließ meinen Blick über die Felswand streifen. Eigentlich suchte ich nur ein ruhiges Plätzchen, doch irgendetwas war hier falsch. Nur was? Suchend ging ich weiter. Dann fand ich, was ich suchte. Ein Stück Vlies hing an dem Fels. Vorsichtig schob ich es zur Seite und schlüpfte durch den Spalt. Auf der anderen Seite war es nicht schwarz und dunkel, sondern pechschwarz und stockdunkel. Mir war ein bisschen mulmig zumute.

Stille.
Totenstille.
Ich wagte kaum zu atmen, so still war es. Ganz langsam atmete ich ein und aus. Ich lauschte. Aber bis auf mein Atmen und mein Herzpochen hörte ich wieder nichts. Wieder lauschte ich.
Stille.
Totenstille.
Oder, nein! Doch nicht! Da war doch was! Ich lauschte noch einmal angespannt. Ja! Ich hatte mich nicht verhört. Schnell schaltete ich meine Taschenlampe an und lief los. Der Lichtkegel meiner Taschenlampe wanderte über die Wände, die Decke und den Boden. Nur Sand und Felsen. Und Felsen und Sand. Und Dunkelheit. Plötzlich wusste ich, was ich vorhin gehört hatte: Schritte! Das heißt, dass ich nicht alleine war. Ich lief weiter, bis sich der Weg teilte. Irrte ich mich oder stand da etwas an der Wand? Ich ging

näher und erkannte, dass an der Wand jeder Abzweigung etwas geschrieben war.

Als erstes las ich die Anschrift vom linken Weg. In roter Schrift war dort hin gekritzelt:

<- Bis zur Quelle 0,5 Kilometer
   Ende = 0,9 Kilometer
   ~~Versteckter Notausgang~~

Vielleicht war die Farbe leer, dachte ich, denn die letzte Zeile war undeutlich geschrieben. Aber schließlich konnte ich entziffern, dass es »Versteckter Notausgang« bedeutete und dass die Wörter durchgestrichen waren. Ich machte einen Schritt zur Seite und las den anderen Text:

- Ende, Höhle = 0,2 Kilometer   ->

Dieses Mal war der Text nicht nur in einem kräftigen Blau geschrieben, sondern auch viel kürzer. Wo sollte ich langgehen? Ich entschied mich für den linken Gang, denn ich wollte wissen, was es mit der Quelle auf sich hatte. Eine Quelle mitten im Felsen? Ich las noch einmal den roten Text. 500 Meter waren nicht viel und wo der Tunnel enden wird, würde ich auch schon rauskriegen. Ich leuchtete mit der Taschenlampe in den linken Gang. Und schon lief ich los. Der Lichtkegel meiner Taschenlampe hüpfte vor mir auf und ab. Ich sah nur Sand und Stein. Doch dann, nach einer Weile machte der Weg einen Knick. Ich hörte es bevor ich es sah. Ein leises Plätschern verriet mir, dass ich an der Quelle angekommen war. Nun tauchte auch eine kleine Brücke im Schein meiner Lampe auf und ich stoppte. Langsam näherte ich mich der Brücke. Sie sah nicht sehr vertrauenswürdig aus. Das Gestell war aus Eisen gefertigt, von dem schon die dunkle Farbe abblätterte, wodurch man die rostigen Stellen unschwer erkennen konnte. Als ich mich hinkniete, um mir die morschen Bretter anzuschauen, die an dem

Eisen fest genagelt waren, fiel mir auf, dass an vielen Stellen das Holz abgesplittert war und so große und kleine Löcher entstanden waren. Alles in allem wirkte die Brücke sehr alt und ich überlegte, ob ich hinübergehen sollte. Ich ging um die Brücke herum und schaute in den Abgrund. Er war schätzungsweise fünf Meter breit und unter mir, in ein paar Metern Tiefe, plätscherte ein kleiner Bach. Die Quelle entsprang wohl aus der Felswand. Ich lief am Ufer entlang zur rechten Felswand und leuchtete hinunter. Tatsächlich. Aus der Felswand sprudelte aus einem kleinem Loch Wasser. Wenn die Quelle nur so klein ist, dachte ich, könnte ich auch hinunterklettern, über den Bach steigen und auf der anderen Seite wieder hochklettern. Andererseits, würde das sehr lange dauern und ich könnte auch erst einmal die Brücke ausprobieren. Ich schwankte zwischen herunterklettern und der rostigen, morschen Brücke. Was sollte ich tun? Sollte ich lieber den langen, sicheren Weg gehen oder lieber den kurzen, gefährlicheren Weg nehmen? Ich beschloss erst einmal die Gegend zu erkunden. Ich ging die paar Schritte zur linken Felswand und leuchtete auf den Bach hinunter. Auch hier waren ein, zwei Meter Abstand zwischen Quelle und dem steinigen, sandigen Abgrund. Dort, wo der Bach wieder im Felsen verschwand, klaffte ein Loch mit ungefähr zwei Metern Durchmesser. Doch ich konnte nicht erkennen, wie weit es in den Felsen ragte. Ich beugte mich noch ein Stückchen weiter nach vorne, doch ich konnte nichts erkennen. Leider half mir das auch nicht weiter. Ich seufzte und lief zur Brücke. Dort stützte ich mich aufs Geländer. Es schien gut zu halten. So konnte ich mich sichern. Ich nahm die Taschenlampe in den Mund, damit ich beide Hände frei hatte. Vorsichtig setzte ich einen Fuß auf das erste Brett. Es knarrte so laut, dass ich vor Schreck mein ganzes Gewicht wieder auf die Arme verlagerte. Langsam setzte ich auch den zweiten Fuß aufs Brett. Wieder knarrte es laut, doch dieses Mal schreckte ich nicht zurück. Als ich mir sicher war, dass das Brett hielt, rutschte ich mit den Händen ein Stückchen nach vorne. So arbeitete ich mich Stück für Stück nach vorne. Als ich noch nicht einmal die

Hälfte erreicht hatte, knackte es verdächtig. Ich spürte, wie das Brett unter mir nach gab. Sofort stützte ich mich auf die Arme. Keine Sekunde zu früh. Ich hörte wie Holzstücke auf den Steinen zerbrachen. Das war gerade noch mal gut gegangen! Ich stellte meine in der Luft baumelnden Füße auf das Eisengestell zurück. Als ich wieder nach vorne schaute, fiel mein Blick auf ein Stück Holz, das ein Loch im Eisengestell ausbesserte. Würde dieses schmale, dünne Stück Holz mein Gewicht halten können? Ich konnte es nicht überspringen, denn es war um die 40 Zentimeter lang. Wie betäubt rutschte ich auf das Stück Holz zu. Dort, wo Holz und Eisen sich überlappten, legte ich meine Hand hin. Vorsichtig setzte ich meine Füße auf das Brett unter mir. Ich schaute zur Seite. Auf der linken Seite war genau das gleiche Stück Holz. Auch hier legte ich meine Hand aufs Holz. Ich rutschte mit beiden Händen gleichzeitig komplett auf die schmalen Latten. Ein verhängnisvoller Fehler. Denn als ich das Gewicht von meinen Armen nahm, knackte das Brett unter mir verdächtig laut. Im nächsten Moment hatte ich mich zwar wieder auf die Arme gestützt, doch die schmalen Latten gaben unter meinem Gewicht nach. Ich fiel auf das ohnehin schon angeknackste Brett und stürzte mit den zerbrochenen Holzstücken in die Tiefe. Das hätte ich wissen müssen!, fluchte ich, dann dachte ich nichts mehr. Das Einzige, an das ich mich erinnern konnte, war, dass ich direkt neben der Quelle hart aufschlug. Und dass mein Kopf auf etwas nicht sehr Weichem landete. Mir wurde schwarz vor Augen und als ich wieder zu mir kam, war es immer noch dunkel. Ich hatte höllische Kopfschmerzen, meine Beine fühlten sich taub an und mein Rücken schmerzte. Stöhnend richtete ich mich auf. Ich setzte meinen Rucksack ab, auf dem ich schmerzhaft gelandet war, und suchte nach der Taschenlampe. Als ich sie nicht fand, fiel mir ein, dass ich sie ja zwischen den Zähnen geklemmt hatte, als ich fiel. Tastend fand ich sie neben dem Bach, vielleicht einen halben Meter von mir entfernt, und schaltete sie an. Oder besser gesagt: Ich versuchte es. Aber es funktionierte nicht. Sie hatte einen Wackelkontakt! Ich ließ mich seufzend wieder auf den Rücken fallen. Verdammt!, dachte ich, Verdammt! Verdammt! Verdammt! Dann seufzte ich noch einmal. Wie konnte ich nur in dieses Schlamassel hineingeraten? Warum hatte ich nicht gleich den sicheren Weg genommen?

»Ich sollte mir keine Vorwürfe machen«, murmelte ich, »sondern lieber überlegen, wie ich hier wieder raus komme.«

Ich seufzte noch einmal tief und setzte mich mit schmerzendem Rücken auf. Ich stützte mich auf die Taschenlampe und den Rucksack und stand auf. Ächzend lehnte ich mich an die Felswand. Dann streckte und reckte ich mich erst einmal ausgiebig. Ich schüttelte meine Beine wieder wach, schnappte mir meinen Rucksack und die Taschenlampe und tastete mich zur Quelle hinüber. Als ich das Wasser auf meine Hände sprudeln fühlte, kühlte ich meine Beule am Hinterkopf. Wieder versuchte ich meine Taschenlampe anzuschalten. Doch es blieb - wie erwartet - dunkel. Ich klopfte mit einem Finger leicht an die Birne, dann immer fester. Das hatte meine Taschenlampe schon immer zu Vernunft gebracht. So auch diesmal. Es wurde endlich wieder hell und ich konnte mir das Loch in der Brücke genauer anschauen. Und während ich so nachdenklich hinaufblickte, kam mir auch schon die rettende Idee. Schnell setzte ich meinen Rucksack ab und wühlte in ihm. Ich atmete erleichtert auf, als ich den Gegenstand aus dem Rucksack zog, der mich aus diesem Graben holen würde. Das Tau, das ich von der »Mary«, dem Schiff meines Onkels, stibitzt hatte. Es hatte schon viele Stürme überlebt, also würde es nun auch mein Gewicht halten. Doch bevor ich meinen Gedanken in die Tat umsetzen konnte, hörte ich etwas. Schritte! Vielleicht konnten die mir ja helfen. Da hörte ich eine raue Stimme, die sich so laut aufregte, dass ich sie ohne Probleme verstand.

»Ich hab da so ein Krachen gehört. Das kann nur unsere Brücke sein. Da *muss* jemand sein! Und das in *unsrer* Felsenhöhle. Ich frag mich, wie der überhaupt den Eingang gefunden hat. Was ist wenn der die Karte findet? Du weißt doch, sie sieht aus wie eine Schatzkarte. Er könnte uns bestehlen!«

Ich verstand nicht, was eine andere Stimme darauf antwortete. Doch das hörte sich nicht gerade freundlich an! Ich geriet in Panik, denn es hörte sich nicht gerade nach einem Menschen an, der mir aus diesem Loch helfen würde. Die Wahrscheinlichkeit, das ich sie davon überzeugen konnte, es sei alles ein dummer Zufall, war nicht gerade groß. Und sie hatten allen Grund sauer auf mich zu sein, denn ich war hier eingedrungen, ohne zu wissen, ob es jemandem gehört, und hatte dann auch noch ihre Brücke kaputt gemacht. Es schien mir als das Beste, dass ich unentdeckt blieb. Also musste ich mich verstecken und zwar schnell! Sofort fiel mein Blick auf die Stelle, an der die Quelle wieder im Felsen verschwand. Schnell lief ich hinüber und betrachtete es genauer. Ich war enttäuscht. Denn die Mulde ging nur zehn bis 20 Zentimeter felseinwärts. Hier konnte ich mich unmöglich verstecken. Panisch schaute ich mich um, doch der Graben hatte keinen einzigen Schlupfwinkel.

Ratlos lief ich unter die Brücke und drückte mich nun an die Felswand, die mich daran hinderte, davon zu laufen, setzte mich in den Sand und machte mich so klein wie möglich. Den Rucksack stellte ich vor mich, als könne ich mich dahinter verkriechen. Ich rutschte immer tiefer und dabei entstand eine kleine Mulde, die etwa zehn Zentimeter tief war. Schnell machte ich die Taschenlampe aus, damit ich nicht so schnell entdeckt werden konnte. Ich dachte nach. Was sollte ich bloß tun? Mein Versteck ist nicht gerade das beste. Da bemerkte ich die Mulde und das brachte mich auf die rettende Idee. So schnell ich konnte fing ich an zu graben. Doch ob ich so schnell graben könnte, war mir ein Rätsel. Aber eins war klar: Es würde verdammt knapp werden. Denn die Stimmen wurden lauter und immer lauter! Ich stieg in das Loch, das sicher keinen Meter tief war, und schüttete den Sand über mich. Er bedeckte mich nur bis zur Brust. Verdammt! Ich rutschte ein bisschen tiefer in den Sand. Jetzt bedeckte er mich bis zu den Schultern. Aber mein Kopf und die Arme waren noch frei. Schnell ergriff ich meinen Rucksack.

Ich hatte mich gerade hinter ihm versteckt und die Arme bis zu den Handgelenken vergraben, da hörte ich die raue Stimme sagen: »Siehst du! Ich hab dir doch gesagt, dass ich da was gehört hab.« Und eine andere Stimme sagte entsetzt: »Unsere Brücke ist kaputt! Und ich habe immer gesagt, wir müssen sie erneuern. Aber ihr wart ja anderer Meinung. Jetzt ist jemand runtergefallen und hat sich wahrscheinlich sonst was gebrochen!«

Sie sprach mit einem leichten Akzent, den ich nicht zu ordnen konnte, doch bei diesem leicht hysterischen Unterton war es besonders deutlich zu hören.

»Jetzt reg dich mal wieder ab!«, meinte die raue Stimme genervt. »Und außerdem weißt du doch gar nicht, ob jemand runtergefallen ist. Und wenn schon, er könnte ein zukünftiger Dieb sein!«

Die andere Stimme seufzte nur widerwillig. Ich hörte, wie die zwei sich der Brücke näherten. Ich hoffte, dass man mich nicht von dort oben sah. Plötzlich kam mir ein Gedanke in den Sinn, der mich zusammenzucken ließ: Wo war die Taschenlampe?! Bei dem Gedanken, dass sie mich verraten könnte, lief mir ein eiskalter Schauer den Rücken hinunter. Ich tastete nach ihr. Ein Glück! Sie lag vor mir unter dem Rucksack. Auf einmal tauchte die Taschenlampe der Männer den Graben in grelles Licht. Hoffentlich fanden sie mich nicht. Mit einem Mann, der einen Menschen, den er noch nie zuvor gesehen hat, als Dieb, wenn auch nur als einen zukünftigen, beschuldigt, mit dem war bestimmt nicht gut Kirschen essen. Als der Lichtkegel an meinem Rucksack hängen blieb, machte ich mich unwillkürlich kleiner.

»Schau mal, da liegt ein Rucksack!«, rief der eine Mann überrascht.

»Wenn den hier jemand vergessen haben sollte, wird er ihn bestimmt auch zurückholen«, brummte der andere missmutig.

Ich hörte, wie der andere Luft holte, um etwas zu erwidern, als plötzlich eine Stimme ertönte: »Julian! Michael! Wo bleibt ihr denn? Wenn ihr glaubt, ich hätte euch nicht gehört, dann habt ihr euch aber gewaltig geirrt!«

»Du meine Güte, hat der mich erschreckt!«, murmelte der eine Mann.

»Wir kommen ja schon!«, rief der andere zurück und meinte dann etwas leiser:

»Tja, dann müssen wir den Rucksack eben ein anderes Mal hochholen, Michael.«

»Hm«, brummte die Stimme, die sich Michael nannte, »Wirklich schade.«

Ich hörte wie sich die beiden umdrehten. Ich fragte mich, wer und wie viele sich hier noch versteckten. Außer diesem Michael, diesem Julian und dem, der sie gerufen hat. Als ihre Schritte nicht mehr zu hören waren, atmete ich erleichtert auf. Wenn ich jetzt unbemerkt verschwand, vergaßen die Männer bestimmt den Vorfall und ich könnte vielleicht noch einmal kommen und diese Felsenhöhle etwas genauer unter die Lupe nehmen. Ich stand auf und klopfte mir den Sand von meinen Sachen. Schon komisch, dachte ich, dass mir dieses Vlies vorher noch nie aufgefallen war. Ich schaltete meine Taschenlampe wieder an und nahm das Tau aus meinem Rucksack. Ich warf es über das Geländer der Brücke und band das eine Ende zu einer kleinen Schlaufe, in die ich meinen Fuß stellte. Dann schulterte ich meinen Rucksack und klemmte mir wieder meine Taschenlampe zwischen die Zähne. Mit einer Technik, die mir mein Onkel schon als kleines Kind beigebracht hatte, zog ich mich am anderen Ende des Seils hoch. Oben angekommen, hängte ich mir das Seil um und rutschte mit derselben Technik wie vorhin wieder zurück. Leise schlich ich zur Biegung. Eigentlich wäre es ja besser, jetzt zu verschwinden, doch meine Neugier trieb mich in den anderen Gang. Ich wollte wissen, was es mit der Karte auf sich hatte und warum dieser Michael so ein Theater darum machte.

»Ach, verdammt! Wo soll das denn überhaupt sein?! Diese verdammte Karte raubt mir noch den letzten Nerv!«, rief eine raue Stimme frustrierend. Michael.

»Jetzt reg dich doch nicht so auf«, sagte eine Stimme besänftigend.

»Wenn wir doch wenigstens wüssten, was diese Schrift zu bedeuten hat. Aber hier gibt's ja keinen Empfang!«, regte sich Michael weiter auf.

»Dann gehen wir eben nach Hause, dort kann ich meinen PC hochfahren«, schlug eine dritte Stimme vor.

Diese Stimme würde ich immer wieder erkennen! Mit diesem Akzent sprach auf jeden Fall Julian.

»Aber wenn da dieser Typ ist, von dem wir den Rucksack gefunden haben, der kann uns die Karte klauen, wie oft soll ich's denn noch sagen?!«, warf Michael mit wütender Stimme ein, er war ganz klar einem Wutausbruch nahe.

»Mann, verdammt, Michael! Warum soll den da einer sein?« Die Stimme klang nun sehr genervt.

Michael schnaubte nur.

»Dann gehen wir jetzt noch mal alle gemeinsam hin und schauen noch mal nach, okay?«, fragte Julian beschwichtigend.

»Okay«, meinte sein Gegenüber widerwillig.

»Das bringt's zwar nicht mehr, weil der bestimmt schon über alle Berge ist, aber in Ordnung«, warf Michael doch nochmal ein, aber dann war es still.

So ganz unrecht hatte er da nicht, denn ich war ja aus dem Graben draußen und *könnte* schon weg sein. Ich hörte den Sand knirschen und lief los.

Meine Flucht blieb wohl nicht unbemerkt, denn ich hörte eine Stimme, Michael, rufen: »Seht ihr, da ist *doch* jemand!«

Und schon waren sie mir auf den Fersen. Ich bog um die Ecke und lief weiter auf den Ausgang zu. Wegen dem hin und her tanzendem Lichtkegel sah ich kaum wo ich hin lief, doch ich traute mich nicht mich umzudrehen oder gar mein Tempo zu verlangsamen. Plötzlich rannte ich gegen etwas. Das Vlies! Ich hatte mich so erschrocken, dass ich gestolpert und hingefallen war. Ich öffnete die Augen und versuchte, sie nicht gleich wieder zu schließen. Die Sonne stach mir in die Augen. Ich beschattete meine Augen, richtete mich auf und wollte weiter laufen, doch eine Hand packte mich an der Schulter und hinderte mich daran.

»Hiergeblieben!«, rief eine Stimme.

2. Überraschung!

»Hey, lass mich los!« Ich hatte endlich meine Sprache wiedergefunden.

Der Bärtige ließ mich los. Drei junge Männer, vielleicht Anfang 20, standen mir gegenüber.

»Wer bist du?«, fragte einer mit dunkelblondem Strubbelkopf.

Ich erkannte ihn an seinem leichten Akzent. Julian.

»Was macht ihr hier?«, fragte ich, ohne auf die Frage einzugehen.

»Genau dasselbe könnten wir dich fragen«, erwiderte ein anderer mit einem Ziegenbart.

Auch ihn erkannte ich an der Stimme. Er war eindeutig Michael.

Ich klopfte mir den Sand von meinen Sachen.

»Ach ja?«, fragte ich, »Und warum, wenn ich fragen darf?«

Ich schaute sie herausfordernd an.

»Weil wir uns schon vor längerer Zeit hier eingenistet haben und bis jetzt noch niemanden in unserer Felsenhöhle angetroffen haben, darum«, antwortete der Bärtige.

»Aha«, machte ich. »Und warum?«

»Was soll das werden? Ein Verhör?«, fragte Julian jetzt.

»Wonach sieht's denn aus?« Ich musste grinsen.

»Genau danach«, antwortete der Bärtige.

Er war der einzige, dessen Namen ich noch nicht aufgeschnappt hatte. Jetzt streckte er mir seine Hand hin und sagte: »Malte. Tut mir leid, dass wir dich so erschreckt haben.«

Was dachte der denn? Dass ich mich vor ein paar Kerlen fürchtete, die mir eigentlich gar nichts getan hatten?

»Ihr habt mich nicht erschreckt. Ich bin euch nur aus dem Weg gegangen, weil ihr mich als Diebin beschuldigt habt. Beziehungsweise Michael.«

Ich weidete mich an ihren erstaunten Gesichtern. »Bist du ein Spion oder woher kennst du meinen Namen?«

Ich musste grinsen. Er hatte wirklich eine Vorliebe für Mysteriöses. In seinen Augen glitzerte es neugierig.

»Ich saß unter der Brücke, als dein Name gefallen ist. Ich habe dich an der Stimme wiedererkannt.«

Etwas zögerlich nahm ich Maltes Hand und sagte: »Ich bin Miriam.« Dann streckte ich meine Hand Michael hin und ich konnte mir ein Grinsen nicht verkneifen: »Aber mal ganz offiziell: du heißt doch Michael, oder?«

Er nickte und nahm meine Hand.

»Damit hast du dir wohl einen Spitznamen verdient«, meinte Malte und lachte.

Fast hätte ich die Hände in die Hüfte gestemmt, doch im letzten Moment verkniff ich es mir. Als ob ich nichts Besseres zu tun hätte, anderen Leuten hinterher zu spionieren! Ich wandte mich zu Julian.

»Du bist Julian, oder?«

Er wirkte eingeschüchtert, als er meine Hand zaghaft drückte. Vielleicht blitzten meine Augen vor dem Zorn, den ich zu verbergen versuchen. Ich konnte mich eigentlich sehr gut beherrschen, meine Gefühle und Gedanken verstecken, doch in meinen Augen konnte man lesen.

»Schon gut«, meinte Michael. »Wir werden dich nicht einen Spion nennen.«

Ich hatte eine passende Antwort auf der Zunge, doch ich schluckte sie hinunter. Wenn ich so frech war, würden sie mir nie sagen, was ich angeblich stehlen würde. Etwas neugierig war ich schon geworden - kein Wunder! - sie machten ja auch ein Geheimnis darum!

»Wir sollten vielleicht nicht zu misstrauisch sein«, sagte Malte, »schließlich wissen wir ja nicht, wie wertvoll diese Kindergartenkindzeichnung ist, meint ihr nicht?«

Kindergartenkindzeichnung? Und da machen die so ein Theater? Wie auf Kommando legte sich meine Stirn in Falten.

»Hör auf damit!«, fuhr Michael ihn an. »Du selbst warst es doch, der uns auf die Idee brachte, dass diese Karte mehr als Altpapier ist! Du hast doch angedeutet, von wem sie stammen könnte, weil dein Vater dir von alten Zeiten erzählt hat, damals, als er noch ein Spitzel von *The* . . .« Erschrocken biss er sich auf die Lippen.

Julian und Malte sahen ihn warnend an, während er beunruhigt zu mir schielte. Was meine Neugier nur noch steigerte. Was meinte er damit? Und warum durfte ich es nicht wissen?

»Ich denke mal, dass er das mit Absicht gemacht hat«, meinte Julian beschwichtigend.

»Und wenn ihr nicht mit dieser Geheimnistuerei aufhört, wird mich wohl meine Neugier dazu zwingen müssen, mehr darüber zu erfahren«, fügte ich hinzu.

Malte seufzte. »Damit wirst du wohl Recht behalten«, grinste er dann. »Lieber ein weiteres Glied in der Kette als einen hartnäckigen Spion am Hals.«

Michael schob den Vlies beiseite und machte eine einladende Bewegung.

Als wir kurz darauf in der Felsenhöhle saßen, staunte ich, wie gemütlich es dort war. Julian holte ein Stück Papier aus einer Kiste.

»Was ist das?«, fragte ich neugierig.

»Das ist die Karte, von der wir gesprochen haben. Oder zumindest ein Teil davon«, antwortete Michael.

»Du kennst doch die Strandallee, oder?«, fragte Julian.

»Ich wohne in der Straße«, antwortete ich.

»Und die eine alte, schlossartige Villa, kennst du die auch?«, fragte Malte.

Wer kennt die nicht! Sie zog alle Blicke auf sich, wenn man an ihr vorbeiging. Ich nickte.

»Im Garten der Villa haben wir eine Karte gefunden. Sie ist unvollständig und auf dem einen Teil, den wir haben, lässt sich nicht erkennen, was die Karte darstellen soll. Es sieht schon ein bisschen nach einer Kleinkindzeichnung oder einer Skizze aus. Deshalb müssen wir den oder die anderen Teile finden. Und wir glauben der Rest ist auch in der Nähe der Villa versteckt«, erzählte Michael.

Und deswegen machen die so einen Aufstand? Wegen einer Karte, von der sie nicht einmal wissen, was es sein könnte?

»Und ihr habt Angst, dass man euch dabei erwischt«, vollendete ich seine Erzählung.

Die drei nickten.

»Das heißt wir müssen irgendwie legal in die Villa kommen. Lasst mich überlegen... So viel ich weiß, kann man die Villa kaufen, da der Besitzer gestorben ist und keiner sie haben wollte.« Doch wie waren sie unbemerkt an den ersten Teil gekommen? »Wie habt ihr denn den Teil der Karte gefunden?«, fragte ich. Ich erwartete fast schon, dass sie der Frage ausweichen würden, doch das taten sie nicht.

»Wir haben für die Frau, die das Haus verkaufen wollte, öfters mal die Gartenarbeit gemacht. Dabei haben wir den Zettel gefunden. Erst dachten wir, er wäre wertlos, aber als wir ihn dann auf dem Heimweg wegwerfen wollten, ist uns aufgefallen, das was drauf steht. Deshalb haben wir ihn mit nach Hause genommen. Aber jetzt hat die Frau einen Käufer gefunden und wir helfen ihr nicht mehr«, erzählte Malte.

Ich überlegte. Irgendwas hatten sie zu verheimlichen. Keiner ist so wild auf eine Kleinkindzeichnung, oder was auch immer das sein sollte. Dann schaute ich auf die Uhr. Zu Hause konnte ich bestimmt besser darüber nachdenken.

»Ich glaub, ich schlaf noch mal 'ne Nacht drüber. Ich muss sowieso nach Hause«, meinte ich und schnappte mir meinen Rucksack und die Taschenlampe. »Ihr seid morgen doch bestimmt wieder hier, oder? Ich komme nach der Schule wieder.« Ohne ein weiteres Wort zu sagen oder eine Antwort abzuwarten, stand ich auf und machte mich auf den Weg nach Hause.

In Gedanken war ich bei der Villa. Ich hatte sie ja schon von Anfang an geheimnisvoll gefunden. Aber jetzt sollte wirklich etwas dahinterstecken? Als ich in die Küche kam, saß meine Mutter am Küchentisch.

»Bin ich zu spät?«, fragte ich.

»Nein, du bist sogar viel zu früh«, antwortete sie.

Ich setzte mich zu ihr an den Tisch. Sie sah mich eine Weile nachdenklich an.

»Ich frage mich, was du sagen würdest, wenn wir umziehen müssten«, meinte sie dann.

Ich merkte ganz genau, dass etwas in der Luft war. worauf wollte sie hinaus?

»Ich würde fragen, wohin wir ziehen würden und warum«, antwortete ich im selben neutralen Tonfall wie sie. Ich konnte solche Spiele mitspielen und das wusste sie nur zu gut.

Meine Mutter schüttelte den Kopf. »Jetzt doch mal ehrlich«, meinte sie und sah mich neugierig an. »Ich hab das genau so gemeint, wie ich es gesagt habe.«

Ich zuckte mit den Schultern. »Ich auch.«

Meine Mutter seufzte und sagte: »Der Grund wäre, dass du ein Geschwisterchen bekommst und wir in ein größeres Haus ziehen.«

Wie neutral sie das sagte. So unbefangen. Konnte sie wirklich so gut schauspielern?

»Soll das ein Scherz sein?«, fragte ich, denn ich wusste es wirklich nicht.

Doch meine Mutter schien mir nicht zu zuhören. Sie redete einfach weiter. »Weißt du, es gibt da eine wunderschöne Villa, ganz in der Nähe. Die wäre dann groß genug für uns. Ich stelle es mir schön vor, in so einem Haus zu leben.« Langsam glaubte ich wirklich, sie wolle mich hinters Licht führen. »Was meinst du? Wäre das nicht schön?« Sie sah mich auffordernd an.

Ich starrte mit fassungslosen, weit aufgerissenen Augen an. Und mit einem Mal lachte meine Mutter.

»Du glaubst mir nicht, stimmt's?« Sie grinste mich an.

Ich grinste zurück. Das durfte doch nicht wahr sein! Ich schüttelte den Kopf. »Weißt du«, meinte ich und grinste noch breiter, »im ersten Moment dachte ich wirklich, du willst mich hinters Licht führen.«

»Tja.« Meine Mutter stand auf. Sie begann in einer Schublade herum zu kramen. dann zog sie eine Karte hervor. Meine Güte, was haben die heute denn alle mit diesen Karten?, dachte ich. Doch als meine Mutter die Karte auf dem Tisch ausbreitete, sah ich, dass darauf ein Grundriss gezeichnet war.

»Das ist der Plan von dem Haus, in das wir ziehen werden«, erklärte sie.

Irgendwie hatte ich komisches Gefühl bei der Sache. Umziehen. Wer weiß, wo wir hinziehen werden?

»Wo ist steht das Haus?«, fragte ich.

»Och, ganz in der Nähe«, antwortete meine Mutter.

Ganz in der Nähe?

»Was heißt ganz in der Nähe?«, fragte ich etwas misstrauisch.

»Ach, Miri. Sei doch nicht immer so skeptisch. Wir haben nach einem großem Haus ganz in der Nähe gesucht. Und da ist uns sofort die alte Villa ins Auge gesprungen.« Sie schob mir den Plan hin. »Siehst du?«

Als ob ich am Grundriss erkennen würde, ob das Haus wirklich in der Nähe steht! Aber sie meinte doch nicht etwa die...?

»Du meinst doch nicht etwa die, vor der ich früher immer Angst hatte, oder?«, fragte ich.

Jetzt lachte meine Mutter: »Na, ich hoffe doch, dass du inzwischen keine Angst mehr vor alten Häusern hast.«

Also doch. Was für ein Zufall! Ich musste unwillkürlich grinsen. Dann schüttelte ich den Kopf. »Nein, natürlich nicht. Aber die ist doch riesig.«

»Ja, so viel Platz hätten wir eigentlich nicht gebraucht, aber wir haben eben etwas in der Nähe gesucht, das nicht all zu teuer ist. Und da ist uns die Villa eingefallen.«

Ich nickte. Das klang vernünftig. »Und warum habt ihr mir das nicht schon früher erzählt?«, fragte ich dann.

»Naja, es sollte halt eine Überraschung werden«, meinte sie. »Dein Vater und der Felix sind schon rüber und unterschreiben den Vertrag«, informierte sie mich noch, dann trafen wir schon mal die ersten Vorbereitungen.

Kurz vor dem Abendessen kamen die beiden Käufer zurück und nach dem Abendessen zeigten sie mir den Plan von unserem neuen

Heim. Und am Nachmittag drauf wollte meine Mutter mit mir die Villa noch einmal besichtigen.

Als ich dann schließlich ins Bett gehen wollte, kam Felix nochmal in mein Zimmer.

Er setzte sich neben mich und fragte: »Weißt du was bei der Villa dabei war?«

Ich schüttelte den Kopf und sah ihn neugierig an.

»Eine Insel.«

»Wie, eine Insel?«, fragte ich.

»Naja, die Frau, die uns das Haus verkauft hat, hat es mit einer Insel geerbt. Und jetzt hat sie die Villa plus die Insel verkauft«, erklärte Felix.

»An uns?«, fragte ich zu Sicherheit nochmal nach.

Er nickte.

»Das heißt, uns gehört eine Insel?«, fragte ich noch einmal.

Er nickte.

»Cool«, sagte ich. »Ich glaube, ich weiß doch, was ich in den Ferien machen werde.«

Felix lachte. »Ich weiß es auch.«

Er hatte mich wieder einmal durchschaut. Ich ließ mich auf mein Bett fallen und grinste zurück.

Felix stand auf und ging zur Tür. »In den Ferien haben wir ja genug Zeit dazu. Es ist zwar nicht wie mein altes Seemannsleben, aber wenigstens nicht mehr so langweilig wie unser jetziger Alltag.«

Ganz kurz hing er seinen abenteuerlichen Erinnerungen nach, dann wünschte er mir eine gute Nacht und schloss dir Tür hinter sich.

Und wie sooft wollte ich ihn zurückrufen und ihn bitten, mir eine von seinen Seemannsgeschichten zu erzählen. Doch ich ließ es bleiben und machte es mir bequem. Das Letzte, was ich dachte, war, wie es wohl wäre, in der geheimnisvollen Villa zu leben. Dann schlief ich ein.

Am nächsten Tag ging ich mit meiner Mutter zu unserem neuem Grundstück. Der Garten war ein bisschen verwildert, der Rasen ungemäht und deutlich höher als knöchelhoch. Was wohl daran lag, dass Malte, Michael und Julian hier nicht mehr die Gartenarbeit machten. Hinter dem Garten ragte die riesige Villa wie ein mächtiges Schloss in den Himmel. Von innen sah es genauso aus. Nach dem Rundgang begannen wir mit dem Umzug.

Nach einer halben Stunde meinte meine Mutter: »Zum Glück müssen wir die Zimmer nur streichen oder tapezieren. Sonst würde der Umzug ewig dauern.«

Ich war ganz ihrer Meinung. »Kann ich ein paar Freunde holen? Sie würden uns sicher beim Umzug helfen.«

Meine Mutter schaute mich stirnrunzelnd an. »Ich glaube kaum, dass uns ein paar Kinder helfen werden.«

»Nein, sie sind keine Kinder mehr. Sie sind drei erwachsene Männer.«

»Woher kennst du sie denn?«

Ich wusste, dass diese Frage kommen würde. Aber was hätte sie denn auch sonst sagen sollen?

»Ich habe sie durch Zufall kennengelernt und ihnen geholfen ein Rätsel zu lösen. Sie haben gesagt, dass sie etwas bei mir gut zu machen hätten. Das Angebot können wir gerne annehmen, oder?«

Das entsprach nicht ganz der Wahrheit, aber wenn die drei hörten, dass sie ganz legal in die Villa konnten, würden sie bestimmt helfen.

Meine Mutter seufzte. »Na gut. Dann hol sie. Schließlich können wir jede helfende Hand gebrauchen.«

»Ach, da bist du ja Miriam. Hast du schon eine Idee wie wir an den Rest der Karte kommen?« Ich hatte Malte im Tunnel getroffen.

Ich schüttelte den Kopf und lachte. »Nicht direkt. Aber wenn ihr wüsstet...«

3. In der Villa

Natürlich waren die drei sofort bereit, uns beim Umzug zu helfen, als ich sie über den Stand der Dinge aufgeklärt hatte.

»Dann haben wir's hinter uns und du bist wieder voll dabei. Denn zu viert können wir das Rätsel bestimmt schneller lösen«, hatte Michael gemeint.

Als wir bei mir Zuhause ankamen, sah es dort schon ganz schön leer aus. Von meiner Mutter keine Spur.

»Mama?«, rief ich suchend nach ihr.

»Bin im Wohnzimmer!«, kam die Antwort.

Im Wohnzimmer war meine Mutter gerade dabei die Kommode auszuräumen.

»Das sind Malte, Julian und Michael, die Freunde von denen ich dir erzählt habe«, stellte ich die drei vor.

»Freut mich euch kennen zu lernen.« Meine Mutter lächelte die drei höflich an.

»Uns auch«, antwortete Julian ebenso höflich.

»Wir haben gehört, ihr zieht um.« Malte warf einen schnellen Blick durch den Raum. »Und man sieht es auch.«

Meine Mutter lachte. »Ja. Aber wo wir gerade beim Umzug sind...«, unterbrach sie sich selbst.

»Können wir die Zimmer streichen?«, fragte ich schnell.

»Ja, natürlich. Ihr müsst aber oben anfangen, du weißt, ich muss sonst doppelt und dreifach putzen. Außerdem musst du die Farben

für den zweiten Stock aussuchen, auf die Farben der anderen Zimmer haben wir uns schon geeinigt. Ich müsste hier irgendwo die Liste hingelegt haben.« Meine Mutter sah sich suchend um.
Dann verschwand sie in der Küche.
»Hier ist sie.« Sie hielt uns ein Stück Papier unter die Nase. »Damit ihr die Farben nicht verwechselt. Die Farbeimer müssten eigentlich schon in der Villa sein und...« Sie unterbrach sich schon wieder selbst, diesmal um nachzudenken. »Da war doch noch was«, murmelte sie. Ach ja, der Schlüssel. Und ich glaube, es hängt noch ein Rest von der alten Tapete an den Wänden. Ihr braucht dazu Spachteln, die müssten auch schon drüben sein.«
Ich nahm ihr den Schlüssel und die Liste aus der Hand und meinte: »Ein ganzes Stück Arbeit. Na dann wollen wir mal.«
Wir verabschiedeten uns und liefen los. Die Straße war fast leer. Nur ein Mädchen lief mit schnellen Schritten auf der anderen Seite die Straße entlang.
»Hast du die Karte mitgenommen?«, fragte ich.
Julian nickte.
»Meint ihr wirklich, dass wir die anderen Teile in der Villa finden werden?« Ich hatte da nämlich so meinen Zweifel.
»Naja, es ist nur eine Vermutung«, antwortete Malte ausweichend. Manchmal hatte ich das Gefühl, er hätte etwas zu verbergen. Ich wusste nur nicht was. Dieses Mal schob ich mein Misstrauen ohne Weiteres beiseite und schloss die Haustür auf. Als wir in den zweiten Stock kamen, sahen wir, dass meine Mutter recht gehabt hatte, denn an den Wänden prangten große und kleine Fetzen der alten, verblassten Tapete. So begannen wir sie abzuschaben. Ich arbeitete gerade an einem großen, besonders hartnäckigen, Stück Tapete, als

ich das Gefühl hatte, das irgendwas unter der Tapete wäre. Ich schabte weiter und . . . es war wirklich etwas unter der Tapete!

»Hey, kommt mal her! Ich glaub, ich hab da was Interessantes gefunden!«, rief ich aufgeregt.

Sofort kamen die anderen.

Malte schaute sich das Etwas genau an und meinte schließlich: »Das ist ein Stück Papier!«

Könnte das ein Stück von unserer Karte sein? Ich zog an der kleinen Ecke, die unter der Tapete hervorguckte. Ein Stückchen ließ es sich herausziehen, doch dann blieb es wieder in der Tapete stecken. Aber Malte hatte recht, es war ein zusammengefalteter Zettel. Da ich ihn nicht zerreißen wollte, nahm ich wieder meine Spachtel zur Hand. Gespannt schauten die drei zu, wie ich vorsichtig die Tapete weiterabschabte. Plötzlich fiel der kleine Zettel zu Boden. Blitzschnell hob ich ihn auf und faltete ihn auseinander. Er war wegen der Tapete ein bisschen bläulich gefärbt und die Schrift war ausgeblichen. So konnte man die Schrift kaum entziffern und die paar Wörter, die ich lesen konnte, hörten sich eher ausländisch an. Malte schien genau dasselbe zu denken.

»Hört sich wie niederländisch an«, meinte er über meine Schulter hinweg.

Am Rand des Zettels waren die Wörter abgeschnitten und an der oberen Kante waren die Wörter waagerecht in der Mitte geteilt.

»Oh nein!«, stöhnte ich auf, als ich das sah.

»Was ist denn los?«, fragte Michael verwundert, »So schwer ist niederländisch nicht.«

»Das mein ich doch nicht. Hier oben sind die Wörter auch abgeschnitten! Das heißt, dass die Karte nicht in zwei, sondern wahrscheinlich in vier Teile geteilt worden ist.«

»Die Frage ist nur: wo?«, murmelte Malte, mehr zu sich selbst als zu uns.

Ich sah ihn unauffällig von der Seite an. Irgendwie hatte ich immer noch das Gefühl, dass die drei, besonders Malte etwas geheim hielten. Wieder einmal wünschte ich, ich könnte Gedanken lesen. Und wieder einmal schob ich den Gedanken beiseite. Auch die Vermutung, dass die verschiedenen Kartenteile an verschiedenen Orten versteckt sein könnten, behielt ich erstmal für mich.

Stattdessen sagte ich: »Ich glaube, das verschieben wir mal auf ein anderes Mal. Mein Vater und mein Onkel kommen bald rüber und wir sollten uns beeilen.«

Ich steckte den Zettel ein. Wo bist du da nur reingerutscht?, fragte ich mich, als ich weiterschabte. Ich traute den dreien doch noch nicht einmal! Doch wie immer hatte meine Neugier gesiegt und irgendwie würde ich schon rausbekommen, was sie vor mir geheim halten.

Es dauerte eine ganze Weile bis wir in allen Zimmern die Tapete bekämpft hatten. Als wir gerade mit dem Streichen angefangen hatten, kamen mein Vater und Felix zur Verstärkung. Das Haus war erst vor ein paar Jahren größtenteils renoviert worden und so waren wir nicht allzu lang beschäftigt. In den nächsten Tagen zogen wir ein.

Als wir endlich aus dem Gröbsten raus waren und nur noch ein paar Feinheiten nötig waren, luden meine Eltern die drei zum Dank für die tatenkräftige Unterstützung zum Essen ein.

Am Abend versprach ich den dreien, am nächsten Tag so früh wie möglich zu kommen. Ich wollte endlich das Rätsel lösen.

Um besser nachdenken zu können, ging ich hoch in mein Zimmer. Dort lag ich dann auf meinem Bett und starrte Löcher in die Dunkelheit. Doch statt nachzudenken lag ich ganz ruhig da und lauschte. Es war so still, um nicht zu sagen totenstill. Und trotzdem konnte ich weder nachdenken noch einschlafen. Oder gerade deswegen? Aber irgendwann muss ich dann doch noch weggenickt sein. Denn auf einmal schreckte ich hoch. Etwas hatte mich geweckt. Vielleicht ein Geräusch? Ich lauschte.

Stille.

Totenstille.

Dann hörte ich Schritte. Erst dachte ich, es wäre vielleicht meine Mutter oder mein Vater, doch als sie immer näher kamen und ich die Treppe knarren hörte, stand ich auf. Da knarrte eine Holzdiele unter meinen Füßen. Die Schritte entfernten sich hastig. Schnell rannte ich aus meinem Zimmer und die Treppe hinunter. Dank des fahlen Mondlichtes konnte ich ein paar Stufen überspringen ohne hinzufallen. Als ich nach einer gefühlten Ewigkeit unten war, sah ich im Dämmerlicht gerade noch einen schwarzen Schatten aus dem offenem Fenster klettern. Barfuß sprang ich aus vollem Lauf hinterher, ohne nachzudenken, dass ich in den Disteln und Brenn-nesseln landen würde. Doch ich hatte nur Augen für diesen schwarzen, flinken Schatten, der in unser Haus eingebrochen war. Unsanft landete ich im Unkraut, doch ich rannte weiter, mit schmerzenden Füßen. Ich lief auf die Straße, wo ich sah, wie die schwarze Gestalt mit einem flinken Seitensprung ins Gebüsch hüpfte. Schnell rannte ich zur Hecke und blickte mich um. Viel-leicht war die Gestalt ja weggehuscht. Nein, das konnte nicht sein. Dann hätte ich doch ein Rascheln gehört. Die Gestalt musste in oder hinter der Hecke sitzen und warten bis ich wieder ins Haus ging. Aber das würde ich erst tun, wenn ich das überprüft hatte. Dieser kleine Schatten, wer auch immer das war, er war ein Mensch. Und der wird sich schlapp lachen, wenn ich jetzt nach Hause ging und glaubte, ich hätte mir das alles nur eingebildet. Ich bückte mich zu einem kleinen Loch in der Hecke und schob so leise wie möglich die Blätter und Zweige auseinander. Nichts! Rein gar nichts! Ich schaute über die Hecke hinüber, ich kroch durch das Loch und wieder zurück. Nein, es war wirklich nichts zu finden. Hatte ich mir wirklich alles nur eingebildet? Ich schaute mich noch ein letztes Mal um, dann ging ich nachdenklich wieder zum Fenster und kletterte ins Wohnzimmer. Leise schloss ich das Fenster und schlich in mein warmes Bett. Mein Wecker zeigte zehn vor zwölf. Was für ein Glück. Meine Eltern hatten sich schon früh ins Bett gelegt. Umzugsstress. Bevor ich einschlief, beschloss ich, niemandem von dem Vorfall zu erzählen. Und schon gar nicht Malte, Julian und Michael.

4. Auf der Insel

Am nächsten Tag beeilte ich mich zur Felsenhöhle zu kommen. Ich traf die drei am Strand.

»Na, hast du schon mal nachgedacht und hast nun einen Vorschlag, was diese Schrift bedeuten könnte?«, fragte mich Michael, als wir zusammen in die Höhle gingen.

Ich seufzte. »Warum zerbrecht ihr euch den die Köpfe wegen diesen Wörtern? Die Zeichnung ist doch bestimmt hilfreicher.« Ich zog die Karte hervor, die wir in unserer Villa gefunden hatten. »Bis wir diese Klaue entziffert und übersetzt haben, vergehen Ewigkeiten. Aus Zeichnungen kann man meistens viel mehr lesen als aus einer Schrift.«

Ich biss mir unauffällig auf die Lippe. Warum sagte ich das alles? Sie sagten ja auch nicht alles was sie wussten. Doch es war zu spät. Michael schob mich in die kleine Höhle, in die der Tunnel endete.

»Das ich da nicht selbst drauf gekommen bin! Die Zeichnung ist natürlich viel hilfreicher als die Schrift, besonders bei . . .«

Weiter kam er nicht. Malte zwickte ihm in den Arm worauf Michael einen leisen Fluch ausstieß. Als ich sah, wie böse sie sich anfunkelten, ging ich zu Julian, der die Karte aus einer Kiste holte. Allerdings lauschte ich trotzdem in Richtung Malte und Michael.

»Sei jetzt endlich still!«, hörte ich Malte wütend zischen, »Wenn du so weitermachst, merkt sie noch was!«

Ich drehte mich um.

»Und bei eurer Geheimnistuerei merkt sie bestimmt überhaupt nichts«, meinte ich ironisch, aber mit gleichgültiger Stimme. Ich grinste frech, als die beiden mich überrascht ansahen und drehte mich wieder zu Julian um. Ich sah, wie dieser in sich hinein grinste. Doch als er sich zu uns umdrehte und mir die Karte gab, war er so beherrscht, als wäre nichts vorgefallen. Auch über spielte die Szene von eben. Ich winkte sie zu mir ran und wir betrachteten die

Zeichnung. Der größte Teil der Karte war blau eingezeichnet, darunter war ein gelber Streifen und ganz unten am Rand war links ein grauer Streifen und rechts eine Häuserreihe zu erkennen. Außerdem waren im blauen Feld grüne Kreise gezeichnet, einer davon rot eingekreist.

»Ich nehme mal an, - da wir hier ja an der Ostsee sind - dass das Blaue die Ostsee ist, das Gelbe der Strand, die Häuserreihe könnte die Strandallee sein und das Graue die Steilküste, in der sich die Felsenhöhle befindet.« Ich sah die anderen an.

Malte nickte. »Dann wären die grünen Punkte die kleinen Inseln und die rot eingekreiste wäre dann wohl eine Spur.«

»Und die Wörter auf der Rückseite könnten die Erklärung sein«, fügte Michael hinzu.

»Ich schlage vor, dass wir jetzt unsre Sachen packen. Meint ihr nicht?« Julian richtete sich auf.

Auch die anderen beiden hoben den Blick von der Karte. Und plötzlich waren sie in der Dunkelheit verschwunden. Ich steckte beide Kartenteile ein und wartete.

Als ich endlich wieder Schritte hörte stand ich auf, denn ich hatte mich in den Sand gesetzt, als die drei nach einer Weile nicht wiederkamen. Mit zusammengekniffenen Augen versuchte ich, etwas in der Dunkelheit zu erkennen. Doch das Erste, was ich vernahm, waren keine Umrisse, sondern ein unterdrücktes Fluchen. Dann tauchten die drei wieder auf. Malte trug ein Ruderboot unter den

Armen, Michael die dazugehörigen Paddel. Ich zog eine Augenbraue hoch, als ich sah, dass Julian humpelte.

»Ich nehme an, dein Schienbein hilft dir, Gegenstände im Dunkeln zu finden.« Ich konnte mir ein freches Grinsen nicht verkneifen.

Julian verzog das Gesicht, musste aber dich lachen. »Scheint so, nicht wahr?«

»Warum habt ihr das Boot nicht gleich rausgetragen?«, fragte ich, als Malte das Boot ablegte.

»Damit wir dir gleich sagen können, wer von uns rudert«, grinste Michael.

Das war wahrscheinlich für den Spruch eben grad. Doch ich lächelte ihn etwas süffisant an.

»Ich bin gespannt, wie weit wir kommen.« Dann nahm ich meinen Rucksack und machte mich auf den Weg nach draußen.

Als das Boot endlich im Wasser war, holte ich noch einmal die Karte hervor, um die richtige Insel zu finden. Ich war doch noch ums Rudern gekommen, denn sonst wären wir bestimmt keinen Meter weit gekommen.

Malte dagegen ruderte uns in vielleicht zwanzig Minuten zur Insel. An der Bucht, in der wir unser kleines Ruderboot an Land zogen, grenzte ein Hügel. So sahen wir nicht, wie groß die Insel war, oder was auf ihr lag. Während die anderen das Boot so an Land zogen, dass es nicht weggetrieben werden konnte, lief ich über den Strand zum Hügel. Dabei entdeckte ich nasse Fußspuren im Sand! Ich zog die Stirn kraus. Was hatte das denn jetzt zu bedeuten? War noch jemand hier auf der Insel? Wusste er von der Karte? Und wusste er vielleicht sogar mehr als wir? Misstrauisch schaute ich mich um. Ein mulmiges Gefühl machte sich in meinem Magen breit und mir fiel der Einbrecher vom letzten Abend ein. Hatte er etwas mit der Sache zu tun? Aber da kamen auch schon der »Rest« von unserer Truppe und ich tat, als ob ich auf sie gewartet hätte. Schließlich wusste ich nicht, was die drei alles wussten und was sie alles zu verheimlichen hatten. Zusammen gingen wir weiter. Schnell standen wir auf dem Hügel und blickten auf unsere Umgebung. Von dort sahen wir die ganze Insel. Groß war sie nicht gerade, aber mitten auf ihr stand ein halb zusammen gefallenes Haus.

»*The Black Hand*!«, flüsterte Malte.

»Was?«, fragte ich nach.

»Kennst du *The Black Hand*?«, fragte Malte.

»Klar! Das ist der berühmteste und erfolgreichste Einbrecher weit und breit! Und er wurde nie gestellt«, antwortete ich.

»Seine Beute soll inzwischen noch wertvoller wie eine große Kiste randvoll mit Juwelen sein«, fügte Michael hinzu, uns als er sah, dass Julian den beiden warnende Blicke zuwarf, fragte er schnell: »Aber was hat das jetzt mit dieser Insel zu tun?«

»Ich hab' mal gehört, sein Versteck soll auf einer Insel sein. Könnte doch hier sein, oder?« Malte grinste.

Ich schaute ihn unauffällig etwas nachdenklich von der Seite an. Wollte er damit etwas sagen? Und warum warf Julian ihm deswegen böse Blicke zu? Doch ich spielte weiter.

»Du hast ja mehr Fantasie als ich! Aber wenn ich überlege . . . Ja, das könnte durch aus sein!«, meinte ich und lief den Hügel hinunter.

Ich konnte es nicht erwarten, das Haus zu erkunden. Deshalb beschleunigte ich meine Schritte. Ich hatte das Gefühl beobachtet zu werden. Die anderen folgten mir langsam und mit großer Distanz. Wieder versuchte ich das Gefühl in die hinterste Ecke meines Kopfes zu sperren und mich auf das Haus zu konzentrieren. Die Tür hing schräg in den Angeln und die Mauern waren sehr alt. Zwischen den Steinen wuchs Moos und an einer Wand kletterte das Efeu empor. Als ich in das Haus trat, hörte ich ein Rascheln, ein Huschen. Ich schaute mich um. Nichts. Hinter mir liefen die anderen und vor mir im Haus sah ich nur Tisch, Stuhl und eine alte Holzkiste. Es war nichts Verdächtiges zu sehen. Da! Da war es wieder! Ich scannte meine Umgebung noch einmal ganz genau. Als mein Blick am Fenster hängen blieb, hörte ich das Geräusch wieder. Angestrengt beobachtete ich die Wiese und das Meer. Nichts. Es war nichts zu entdecken. Ich drehte gerade den Kopf, um nach den anderen zu schauen, da bemerkte ich aus dem Augenwinkel einen kleinen, schwarzen Schatten! Blitzschnell wandte ich mich wieder dem Fenster zu. Doch die Gestalt war weg. Sie sah genauso aus, wie die, die in unsere Villa eingebrochen war! Langsam wurde es mir unheimlich zumute. Als ich mich suchend umsah, die kleine Gestalt konnte ja noch einmal auftauchen, hörte ich eine Stimme hinter mir fragen:

»Was machst du denn da? Du siehst doch nicht etwa Gespenster, oder?«

Ich fuhr herum. Es war Malte, der in der Tür stand und mich frech angrinste.

»Nein, warum sollte ich? Ich schaue mich nur sehr genau um!«, erwiderte ich. Warum sollte ich denn Gespenster sehen, auf dieser Insel gibt es bestimmt keine!, fügte ich in Gedanken hinzu.

Doch jetzt schaute sich auch Malte das Haus genauer an. »Naja, viel ist ja nicht drin«, meinte er.

Ich hörte ihm gar nicht richtig zu. In Gedanken war ich bei der mysteriösen Gestalt. Sie erinnerte mich an *The Black Hand*. Aber dieser Langfinger war doch tot! Aber wenigstens hatte sich mein Bauchgefühl nicht geirrt. Wir wurden beobachtet! Während ich ganz still stand und überlegte, gingen die anderen im Haus herum und schauten sich alles ganz genau an. Ich hörte das Knarren der Holzbretter und das nachdenkliche Gemurmel von Michael...und das Rascheln des Grases! Es kam von der Tür. Es war ein sehr leises Geräusch, aber ich hörte es dennoch. Blitzschnell drehte ich mich um. Schlagartig war es still.

»Ist irgendwas?«, hörte ich Malte fragen, doch ich schwieg.

Keine fünf Sekunden später wurde das Rascheln des Grases lauter, der Lauscher floh!

Geistesgegenwärtig lief ich los. Dabei rannte ich Julian fast über den Haufen. Aber das war mir gerade egal. Ich hatte mir die Gestalt als Ziel gesetzt. Und ich werde sie kriegen! Koste es was es wolle! Ich hatte keine Lust mehr auf dieses Versteckspiel. Also rannte ich, von meiner Neugier angetrieben, hinter der Gestalt her. Sie rannte um das Haus herum. Hinter mir hörte ich Schritte. Ich drehte mich um. Die anderen rannten mir nach. Ich schaute wieder nach vorne und bremste so abrupt, dass ich fast nach vorne fiel. Etwa einen halben Meter vor mir war die Klippe zu Ende. Hastig schaute ich mich um. Der kleine Schatten war nicht zu sehen. Das kann doch nicht wahr sein! Ist er mir etwa schon wieder entwischt?

Hinter mir ächzte Michael: »Wo willst du denn hin?!«

Ich antwortete nicht. Mit einem Schritt war ich am Rand der Klippe. Keine zwei Meter zum Strand. Verdammt, der scheint sich hier auszukennen! Mit dem nächsten Satz war ich die Klippe hinuntergesprungen. Ich hatte meinem Ziel genug Zeit gegeben, sich davonzumachen. Also würde ich jetzt nach einem Versteck suchen. Die Klippen hinter mir waren schön glatt, das sah man schon von Weitem. Mich umgab ein traumhafter Strand mit feinen, weichen Sand. Ich lief den Strand entlang. Nur ein genau untersuchtes Felsstück wurde hinter mir gelassen. Dabei ließ ich die Hand an der Klippe entlang gleiten. So joggte ich den Strand entlang. Mir fielen die Fußabdrücke im Sand ein. Die Gestalt war also an der gleichen Stelle an Land gekommen wie wir. Und da es dort keine Möglichkeit gab, ein Boot zu verstecken, musste sie geschwommen sein. Ich bemerkte auch hier die Fußabdrücke im Sand und folgte ihnen. Auf diese Weise machte ich mich daran die kleine Insel zu umrunden, die doch gar nicht mal so klein war. Hinter mir liefen die drei auf streng eingehaltener Distanz. Wahrscheinlich wollten sie mich nicht stören. Kurz nachdem ich an unserem vertäuten Boot vorbeikam, hörten die Fußspuren plötzlich auf! Ich schaute mich um. Das einzige Versteck in nächster Nähe war unser Boot. Auf leisen Sohlen näherte ich mich diesem. Auf einmal sprang die schwarze Gestalt aus unserem Boot heraus und rannte in die Richtung, aus der ich gekommen war. Blitzschnell hatte ich die Verfolgung aufgenommen. Ich rannte über den feinen, weichen Sand. Vor mir die kleine Gestalt, von dem ich jetzt wusste, dass er auf keinen Fall ein *The Black Hand*'s Geist war. Und einen Menschen konnte man fangen, egal wie schnell er war. So musste ich hinterherrennen und mit meiner Kraft kämpfen. Aber mir schien, dass dem Gejagtem langsam die Puste ausging. Auch ich hatte bald keine Luft mehr. Aber ich hatte mir die schwarze Gestalt als Ziel gesetzt, also werde ich dieses Ziel auch erreichen! Wir rannten um einen Felsen herum und überraschten Malte, Michael und Julian. Flink wich ihnen die Gestalt aus. Ich setzte die Verfolgungsjagd alleine fort, wie ich nach einem kurzen Rückblick erkennen konnte. Schnell sah ich wieder nach vorne und konnte gerade noch erkennen, wie der kleine Schatten hinter einem Felsen ver-schwand. Ich beschleunigte mein Tempo noch ein bisschen und rannte hinterher. Es wurde Zeit, diesem Versteckspiel ein Ende zu machen. Ich wollte endlich wissen, wer mich an der Nase herum-führte. Und da mein Geduldsfaden nur noch ein seidener Faden war, sammelte ich das letzte bisschen Kraft, das ich noch hatte, auf und stürmte auf den Felsen zu. Mit einer scharfen Kurve war ich auch hinter dem Felsen verschwunden. Ich sah mich um. Nichts. Wirklich nichts war von dem schwarzen Schatten zu sehen. Hatte er sich wieder nur versteckt, damit er sich in einem günstigen Au-genblick an mir vorbei schmuggeln konnte? Oder war er mir etwa wieder entwischt?

5. Die mysteriöse Gestalt

Während ich verzweifelt und wütend jeden Winkel des Felsen absuchte, bemerkte ich aus dem Augenwinkel eine Bewegung. Es war eine kleine, schwarze Gestalt, die aus einem Mini-Vorsprung hervor kam. Ganz langsam bewegte sie sich, um ja kein Geräusch zu machen. Doch auf einmal drehte ich mich um, völlig überraschend für die Gestalt. Blitzschnell rannte der Schatten los. Ich wollte hinterher und machte einen geistesgegenwärtigen Hechtsprung. Im Flug ergriff ich den Knöchel der Gestalt. Im nächsten Moment landete ich unsanft im Sand. Krampfhaft umklammerte ich das Bein. Nur einen Bruchteil einer Sekunde später landete die kleine Gestalt vor mir der Länge nach im Sand. Schnell richtete ich mich auf und zog die kleine Gestalt zu mir. Sie war von Kopf bis Fuß schwarz gekleidet. Ich zog ihr die ebenfalls schwarze

Maske vom Kopf. Ein Mädchen, vielleicht ein Jahr jünger als ich, zeigte mir sein Gesicht. Es starrte mich etwas trotzig an.

»Warum hast du mir nachspioniert?«, fragte ich und hielt sie am Arm fest, damit sie nicht wieder weglaufen konnte.

»Ich habe dir nicht hinterher spioniert!«

»Ach ja? Und warum verfolgst du mich dann heimlich? Immer wenn ich dich zur Rede stellen möchte, läufst du vor mir weg. Hast du Angst?« Ich schaute sie spöttisch an.

»Warum, bitteschön, sollte ich vor *dir* Angst haben?«, fragte sie spöttisch zurück.

»Dann nenn mir einen anderen Grund!«

Das Mädchen schwieg. Ich seufzte. Wie bekam ich sie zum Reden?

»Also gut. Wenn du halt nicht reden willst, musst du eben mitkommen.«

»Dazu hast du kein Recht!«, rief sie und ihre Augen funkelten mich wütend an.

»Aber ich habe das Recht, zu erfahren, was du von mir willst! Rede oder lass mich in Ruhe. Ich brauche keinen zweiten Schatten, der mir überallhin folgt!«, fuhr ich sie an. Das Mädchen schaute mich nicht an und ich merkte, wie es in ihrem Kopf arbeitete.

Nach einer Weile sagte sie: »Meine Name ist Tanja. Tanja van der Meer. Als ich euch das erste Mal sah, habt ihr über eine Karte geredet. Ich war das Mädchen auf der gegenüberliegenden Straßenseite. Einer von euch kam bekannt vor, aber ich wusste nicht wo ich ihn zuordnen sollte. Also bin ich euch gefolgt. Das Fenster hinter der Villa stand offen, so hörte ich, was ihr geredet habt. Als ich von einem weiteren Teil der Karte erfuhr, und dass diese wahrscheinlich auf niederländisch geschrieben ist, setzten sich die Puzzleteilchen zusammen und ich hatte genug gehört. Ich bin die nächsten Tag gekommen, um herauszufinden, was ihr mit der Karte vorhabt, aber ihr wart zu beschäftigt. Also bin ich jeden Tag zur Villa gekommen, bis ich dir dann von da aus gefolgt bin. Aus Erfahrung wusste ich, dass man viel mehr herausfindet, wenn man lauscht. Viele Menschen sagen einem meistens nicht alles was sie wissen oder das falsche.« Bei diesem Satz schaute sie mir direkt in die Augen.

Von diesem Blick bekam ich eine Gänsehaut.

»Ich weiß«, antwortete ich und meine Stimme klang rau. Ich räusperte mich.

»Na, und den Rest kannst du dir ja denken«, meinte Tanja.

Ich nickte. »Welche Puzzleteilchen meinst du?«, fragte ich.

Doch statt mir zu antworten, fragte sie mich: »Kommt dir mein Nachname bekannt vor?«

Ich überlegte. Van der Meer. Der Name kam mir wirklich bekannt vor. War das nicht der Nachname von *The Black Hand*? Nein, das kann doch nicht sein! Worauf wollte sie hinaus?

Anscheinend überlegte ich für Tanja zu lange, denn sie meinte: »Vielleicht sagt dir ja der Name meines Großvaters was. Er hieß Rafael van der Meer.«

Ich runzelte die Stirn. Das war der amtliche Name von *The Black Hand*!

»Du bist doch nicht etwa...«, sagte ich erstaunt.

Doch Tanja nickte. »Doch, genau das bin ich!« Zum ersten Mal breitete sich ein Lächeln über ihr Gesicht aus.

Unglaublich. Ich hatte wirklich die Enkelin von *The Black Hand* erwischt!

»Das ist doch ein Scherz!«, meinte ich ungläubig.

Doch Tanja nickte wieder. »Ich sage die Wahrheit. Mein Opa war *The Black Hand*. Und er wird es wahrscheinlich auch gewesen sein, der diese Karte geschrieben hat. Du glaubst nicht wie viele hinter seinem Erbe her sind, seit unklar ist, ob er überhaupt noch lebt.«

Ich ließ sie los und stand auf.

»Dann wirst du mir bestimmt auch die Karte übersetzen können, oder?«, fragte ich.

»Klar«, erwiderte sie, »Er schreibt zwar etwas unleserlich, aber man gewöhnt sich daran.«

Jetzt stand sie auch auf und klopfte sich den Sand von den Sachen.

»Und meine Oma hilft uns bestimmt auch gerne. Sie kennt ihn ziemlich gut«, meinte Tanja.

»Na dann, komm mal mit!«, freute ich mich und lief los.

Doch Tanja folgte mir nicht.

»Was ist?«, fragte ich und blieb wieder stehen.

»Ich würde mich noch nicht den anderen zeigen«, antwortete sie.

Sie hatte recht. Schließlich traute ich ihnen ja auch nicht ganz. Trotzdem fragte ich: »Warum?«

»Ich kenne den einen, er war ein Bekannter von meinem Opa.«

Das hatten sie vielleicht zu verheimlichen! Ich akzeptierte Tanjas Bitte.

»Ich habe beide Teile eingesteckt. Wir zwei können auch erst alleine mit deiner Oma reden. Den anderen sage ich, du wärst mir wieder entwischt.«

Tanja schaute mich dankbar an. »Wir treffen uns am Strand, okay?«

Ich nickte. Als sie sich umdrehte, fiel mir noch etwas ein.

»Warte mal!«, rief ich.

Tanja drehte sich um.

»Eins will ich noch wissen: warst du das, die heute Nacht in unserer Villa war?«, fragte ich.

Tanja schüttelte den Kopf. »Ich habe vielleicht einen kriminellen Opa, aber ich selbst würde nirgends einbrechen.«

»Ich glaub's dir gern, aber du weißt, dass man für alles Beweise braucht.«

Tanja nickte etwas nachdenklich. Dann antwortete sie: »Du wirst sie früh genug bekommen, wenn du mir hilfst.«

Sie drehte sich ohne ein Wort um und machte sich auf den Weg. Auch ich ging zu unserem Boot. Auf dem Weg wünschte ich mir wieder einmal Gedanken lesen zu können. Tanja war mysteriös. Sie hatte irgendetwas zu verbergen. Doch sie kam mir irgendwie vertrauenswürdiger und sympathischer von als Malte, Michael und Julian. Warum genau konnte ich nicht sagen. Die drei saßen im Boot und warteten auf mich.

»Und wo ist die Beute?«, fragte mich Malte, als ich vor ihnen stand.

»Entwischt«, antwortete ich knapp.

Ich war eine miese Schauspielerin. Hoffentlich deuteten sie mein Verhalten als Frust. Malte zog eine Augenbraue hoch, sagte aber nichts. Ich stieg zu ihnen ins Boot.

»Wollten wir nicht das Haus durchsuchen?«, fragte Julian.

»Ich habe keine Lust, nach irgendwelchen Hinweisen zu suchen, wenn mir andauernd jemand über die Schulter guckt und uns belauscht«, antwortete ich nur.

Darauf sagte keiner mehr was. Schweigend ruderten wir zum Festland zurück.

Als wir wieder aus dem Boot stiegen, fragte Michael: »Und was machen wir jetzt?«

»Vielleicht haben wir morgen ja mehr Glück«, antwortete ich.

Wir verabschiedeten uns und gingen getrennte Wege. Als ich außer Hörweite war, atmete ich auf. War das eine miese Stimmung eben! Ich schaute mich nach Tanja um. Plötzlich kam etwas hinter einem Felsen hervorgesprungen. Ich zuckte zusammen.

»Meine Güte! Hast du mich erschreckt«, meinte ich.

»Tut mir leid«, entschuldigte sich Tanja.

»Ach, ich hab mich ja noch gar nicht vorgestellt!«, fiel mir dann ein. »Ich heiße Miriam. Aber du kannst mich auch Miri nennen, so nennt mich eigentlich jeder.«

»Na, dann werde ich dich auch so nennen.« Tanja lächelte.

Dann gingen wir zusammen durch unseren Garten. Als wir auf der Straße vor unserer Villa standen, rannte Tanja plötzlich los. Blitzschnell rannte ich hinter ihr her. Sie rannte quer durch ein paar Straßen. Schneller, immer schneller liefen wir, bis sie schließlich vor einem Gartentor stehen blieb. Als ich wieder neben ihr stand, standen wir vor einem alten Haus, das halb zugewachsen war. Nur die Fenster und die Tür schauten heraus. Der einzige Hinweis darauf, dass hier jemand wohnte.

»Warum hattest du es denn eben grad so eilig?«, fragte ich Tanja atemlos.

Doch sie ging schweigend zur Tür und zog einen Schlüssel aus irgendeiner kleinen Tasche. Sie schloss auf und ich folgte ihr in die Dunkelheit. Als Tanja das Licht anschaltete, sah ich, dass wir in einer kleinen, aber gemütlichen Diele gelandet waren.

»Tanja? Bist du das?«, rief da eine Stimme aus einem Raum nebenan.

»Ja, ich bin's, Oma!«, rief Tanja zurück.

Wir gingen in die Küche. Dort saß eine alte, sympathisch aussehende Frau am Tisch.

»Hallo, Oma. Ich dachte, du freust dich, wenn ich eine Freundin mitbring«, begrüßte Tanja sie.

Tanjas Oma nickte mir freundlich zu. »Setzt euch doch! Ich habe gerade Schokoladenkuchen gebacken. Den mag Tanja doch so gern. Möchtest du auch ein Stück?«, fragte sie.

Ich lächelte fröhlich, denn ich liebte Schokolade über alles. »Gerne, bei Schokoladenkuchen kann ich nie nein sagen.«

Wir setzten uns auf die Eckbank und Tanjas Oma holte einen duftenden, mit Schokoladenguss überzogenen Kuchen. »Passt auf, ich glaube der Guss ist noch nicht richtig fest.«

Dann teilte sie Teller und Gabeln aus und setzte sich zu uns. »Ich heiße Milla. Ich bin, wie du wahrscheinlich schon festgestellt hast, Tanjas Oma.«

»Ich bin Miriam, aber nenn mich lieber Miri. So nennen mich alle anderen auch«, stellte ich mich vor und nahm mir vorsichtig ein

Stück Schokoladenkuchen. Der Guss war wirklich noch nicht ganz fest.

»Freut mich dich kennenzulernen«, lächelte Milla. Dann wandte sie sich zu Tanja. »Wo hast du sie eigentlich aufgesammelt? In der Schule ganz sicherlich nicht.«

Wir schwiegen beide.

»Na kommt, Tanja, du weißt doch, dass ich es nicht leiden kann, wenn jemand etwas vor mir verheimlicht. Was habt ihr ausgefressen?« Milla sah uns forschend an.

Tanja seufzte. »Du musst uns nicht verhören. Wir werden es dir erzählen. Aber nur, wenn du uns auch Kuchen essen lässt.«

Milla lächelte triumphierend. Dann erzählten wir abwechselnd das, was wir bis jetzt erlebt hatten und vermuteten. Das dauerte eine ganze Weile, denn Milla unterbrach uns immer wieder, um nach Einzelheiten zu fragen.

»Naja, ich wollte jetzt das Buch von Opa Rafael holen«, schloss Tanja unseren Bericht. Sie stand auf und verschwand im Flur.

Kurze Zeit später kam Tanja wieder in die Küche. Sie hatte ein Buch unter dem Arm, das schon sehr alt und abgegriffen aussah. Die Farbe war verblasst und es hatte lose Seiten.

»Das hier«, erklärte Tanja und legte das Buch auf den Tisch, »ist das Buch, das ich von meinem Opa geschenkt bekommen habe.«

»Sieht so aus als hätte es schon viele Hände gesehen«, meinte ich und betrachtete das Buch genauer.

»Das stimmt«, sagte Tanja, »Es ist ein sehr altes Buch. Darin habe ich einen Zettel gefunden. Ich glaube, er hat etwas mit der Karte zu tun.«

Sie zog einen kleinen, zusammengefalteten Zettel aus den Seiten des Buches. Gespannt schauten wir zu, wie sie den Zettel auseinanderfaltete.

»Ich glaube, ich kenne diesen Zettel«, meinte Milla plötzlich.

»Woher denn?«, fragte Tanja erstaunt. »Das Buch war doch die ganze Zeit abgeschlossen.«

»Er hatte mir mal von einem Zettel und einem Buch erzählt, aber ich weiß nicht mehr, was er davon gesagt hatte«, antwortete Milla und schaute sich den Zettel etwas näher an. Nachdenklich schaute ich auf das Stück Papier, das unserer Karte ähnelte. Denn darauf war dieselbe krakelige Schrift zu sehen wie auf den Teilen, die wir gefunden hatten.

»Das ist die Klaue von meinem Opa. Ich habe die Schrift entziffert und die Sätze übersetzt auf diesen Zettel geschrieben«, sagte Tanja und zog noch einen zusammengefalteten Zettel aus dem Buch. Darauf steht in geschwungener Schrift:

Liebe Milla und liebe Tanja!

Ich hoffe ihr lasst euch nicht all zu sehr von dem

und ich hätte meine Geschicklichkeit anders einsetzen

sollen. Aber jetzt ist es zu spät. Ich werde wohl nie

und selbst wenn ich sie überleben sollte, werde ich wohl

traurig darüber, aber ich kann es nicht ändern. Hab

Viele Grüße

Ich seufzte erleichtert. »Und ich dachte schon, es wäre nicht ein Teil der Karte, die wir gefunden haben. Schließlich haben wir nur vermutet, dass sie von Rafael ist.«
Ich holte die anderen zwei Teile der Karte aus meiner Hosentasche und breitete sie auf dem Küchentisch aus. Sofort holte Milla Zettel und Stift und machte sich ans Übersetzen. Es dauerte nicht lange

bis sie fertig war. Wir überflogen den nun schon fast vollständigen Text. Im letzten Teil kam ein weiteres Rätsel.

Liebe Milla und liebe Tanja!

Ich hoffe ihr lasst euch nicht all zu sehr von dem

und ich hätte meine Geschicklichkeit anders einsetzen

sollen. Aber jetzt ist es zu spät. Ich werde wohl nie

und selbst wenn ich sie überleben sollte, werde ich wohl

traurig darüber, aber ich kann es nicht ändern. Hab

Viele Grüße

Euer Rafael

P.S.: Ich hoffe sehr, dass meine Cousine Charlotte Meier meine gute alte Villa nicht verkauft hat. Ich glaube, ich habe den Räubern, denen dieser Brief auch in die Hände fallen könnte, schon zu viel verraten. Trotzdem müsste er eigentlich bei euch angekommen sein. Ich wünsche euch viel Glück! Hoffentlich könnt ihr etwas Sinnvolles damit anstellen...

»Charlotte Meier ist die ehemalige Besitzerin unserer Villa. Aber was hat das mit unserem Haus zu tun?«, fragte ich.
»Das weiß ich auch nicht«, seufzte Milla.
Tanja schwieg. Sie spielte gedankenverloren an dem Buch herum. Plötzlich schien ihr ein Gedanke gekommen zu sein, denn sie

drehte diese um und schaute sich die Zeichnung an. Unser Blick fiel sofort auf die eingekreiste Insel.

»Ich wette, dass der letzte Teil der Karte auf der Insel ist!«, sagte Tanja.

»Ja, aber das überprüfen wir am besten morgen«, meinte Milla. »Um sechs Uhr abends müssen wir nicht mehr solche Reisen unternehmen. Miri muss morgen bestimmt auch in die Schule, oder?«

Ich nickte. »Also treffen wir uns morgen am Strand an der Stelle, an der du mich abgepasst hast, okay?«

Die zwei nickten zustimmend. Wir verabschiedeten uns und ich ging nach Hause.

Als ich am nächsten Tag zur Felsenhöhle kam, warteten Tanja und Milla schon. Außerdem trugen gerade Malte, Michael und Julian ihr Ruderboot aus der Höhle. Sofort musterten die beiden van der Meers die drei. Besonders Malte. Das konnte ich sogar aus der Entfernung erkennen.

Dann entdeckte mich Milla: »Ach, da bist du ja!«

»Kennst du die?«, zischte mir sie nach der Begrüßung ganz leise ins Ohr.

Ich nickte. Als ich zu den drei Männern hinüberschaute, sah ich, dass auch Malte seine Gegenüber nachdenklich betrachtete, als kenne er sie irgendwoher.

»Ich hab da jemanden mitgebracht. Die zwei wollen sich mal die Insel anschauen«, sagte ich zu ihm.

Er nickte. »Dann nehmen wir die zwei halt einmal mit«, meinte er nur und versuchte gleichgültig zu klingen, was ihm aber nicht vollständig gelang.

Er drehte sich ab und schob das Boot ins Wasser. Sein Gesichtsausdruck strafte ihn Lügen. Es war ihm auf die Stirn geschrieben, dass er die beiden eigentlich ungern mitnahm. Aber was sollte er machen? Wir stiegen ins Boot.

Als er das Boot vom Ufer abstieß und wir auf die Insel zusteuerten, fragte er auf einmal: »Kann es sein, dass ihr erst vor ein paar Jahren nach Deutschland gezogen seit?« Er saß mit dem Rücken zu uns, weshalb wir sein Gesichtsausdruck nicht sehen konnten.

»Wir sind nicht gemeinsam hierher gezogen. Meine Enkelin kam vor ein paar Jahren nach«, antwortete Milla knapp.

Wir schwiegen eine Weile.

Und wieder war es Malte, der das Schweigen brach: »Und warum, wenn ich fragen darf?«

Milla zog die Stirn kraus, wechselte einen Blick mit Tanja und antwortete: »Private Angelegenheiten.«

Malte nickte verständnisvoll. Da beugte sich Julian zu ihm herüber und flüsterte ihm etwas ins Ohr. Ich saß jedoch neben ihm und so hörte ich jedes Wort mit: »Du, ich glaube die Insel gehört jemandem.«

»Wem?«

»Ich habe bei Thomas angerufen, er meinte die Insel gehöre einer gewissen Charlotte Meier. Sie hat die Insel mit einer Villa von ihrem Cousin geerbt.«

»Wer ist dieser Cousin?«

»*The Black Hand*!«

Doch anstatt erstaunt zu sein, murmelte Malte nur: »Ich hab's geahnt. Dann ist die Karte doch von Rafael. Und wir dürfen jetzt nach seinem Erben suchen. Na toll!«

»Ich hoffe aber doch, dass er noch lebt. Er soll ja nur angeblich auf der Flucht verunglückt sein.«

Malte nickte. »Frag mal die beiden, wie sie heißen. Sie kommen mir bekannt vor, aber ich weiß nicht mehr woher.«

Julian nickte und setzte sich wieder aufrecht hin. Jetzt schwiegen die beiden wie der Rest im Boot.

Nach einer Weile fragte dann Julian scheinbar ganz unbefangen: »Wie heißt ihr eigentlich?«

»Ich heiße Milla und sie heißt Tanja«, antwortete Milla.

Jetzt lachte Julian auf: »Naja, eigentlich fragt man ja nach dem Nachnamen, damit man weiß, wo man euch hinstecken muss. Wenn ihr versteht, was ich meine.«

Milla lächelte höflich, doch man sah ihr an, dass sie ihren Nachnamen ungern nennen wollte. »Van der Meer. Milla und Tanja van der Meer«, antwortete sie trotzdem. »Und ihr?«

Julian stellte sich und die anderen beiden vor. Dann schwiegen wir wieder. Plötzlich hörte Malte auf zu rudern und drehte sich um.

»Ihr seid Verwandte von Rafael van der Meer, oder?« Er sah Milla bei der Frage direkt in die Augen.

Sie nickte. »Und Sie sind der Sohn eines alten Freundes, der ihn aus den Augen verloren hat. Hab ich recht?«

»Dann hab ich mich doch nicht geirrt. Ihr seid nach Deutschland gezogen, weil die Familie Ihrer Tochter Rafael nicht mochten.«

Milla schnaubte verächtlich. »Mochten ist gut«, murrte sie. Doch dann wechselte sie zu einem freundlichen Gesichtsausdruck und meinte lächelnd: »Dann sind wir ja zu sechst, was die Suche nach Rafaels Erbe angeht.«

»Ja«, antwortete ich an Maltes Stelle. Ich war unglaublich froh, da ich nun allen vertrauen konnte. »Und wir müssen uns auch keine

Sorgen machen darüber machen, dass wir auf ein fremdes Grundstück gehen.«

Tanja zog erstaunt eine Augenbraue hoch. »Warum bist du dir da so sicher?«

Ich lächelte. »Weil ich es euch erlaube.«

»Wie bitte?!«, fragte Malte. »Wir dürfen auf ein fremdes Grundstück, weil *du* es uns erlaubst? Wer bitteschön soll dir das denn abkaufen?« Kopfschüttelnd fing er wieder an zu rudern.

»Na, ich glaube ja wohl nicht, dass mir meine Eltern verbieten auf ihr Grundstück zu gehen.«

»Willst du damit sagen, dass die Insel deinen Eltern gehört?«, fragte Michael ungläubig.

Ich nickte. »Charlotte Meier ist die ehemalige Besitzerin dieser Insel, oder?«

Julian nickte.

»Und diese hat sie samt einer Villa geerbt, oder?«

Wieder nickte Julian.

»Die Villa, bei deren ehemaligen Besitzerin ihr des Öfteren Gartenarbeit gemacht habt.«

»Ja und? Was hat das mit der Insel zu tun?«, fragte Michael.

»Na, es ist doch nur die ehemalige Besitzerin! Sie hat die Villa *und* die Insel verkauft. Na, klickt es jetzt?« Ich kann mir ein triumphierendes Lächeln nicht verkneifen, als sie es endlich begreifen.

»Das heißt, deine Eltern haben nicht nur die Villa, sondern auch die Insel gekauft?«, fragte Malte nochmal nach.

Ich nickte.

»Das erleichtert das Ganze ungemein«, meinte Milla.

Endlich war die Stimmung etwas lockerer. Sie haben sich ja schon fast feindlich angeschwiegen. Trotzdem wusste jetzt keiner mehr so recht, was er sagen sollte und so schwiegen wir wieder.

Kaum war unser Boot sicher an Land, lief ich zu dem Haus, doch kurz vor der Tür blieb ich stehen. Ich hatte schon wieder das Gefühl, dass ich beobachtet wurde. Doch ich schob es wieder beiseite. Wer sollte das denn sein? Tanja hatte keinen Grund mehr uns zu belauschen. Außerdem wollte ich endlich das Haus durchsuchen! Ich trat durch die Tür und gleich darauf zur Holzkiste, die in einer Ecke des Hauses stand. Der Deckel ließ sich zu meinem großen Erstaunen öffnen. Doch sie war ... leer! Nein, das stimmte nicht ganz. Etwa drei Viertel der Kiste war mit einer Mischung aus Sand und Staub gefüllt. Kurz: Sie war voller Dreck.

»Und? Was ist drin?«, fragte Tanja, die kurz nach mir ins Haus gekommen ist.

»Nichts«, antwortete ich enttäuscht.

Gedankenverloren ließ ich meine Finger durch den Dreck streichen.

»Wie, nichts?« Tanja kniete sich neben mich vor die Kiste.

Sie schien zu überlegen. Da stutzte ich. Das hatte sich nicht wie Sand angefühlt! War da etwa wirklich...? Ich griff tiefer in die Kiste. Wieder spürte ich das Unförmige und zog es aus dem Dreck. In meiner Hand hielt ich ein vom Dreck braungelb gefärbtes Stück Papier. Sofort riss mir Tanja das Fundstück aus der Hand und lief aus dem Haus den anderen entgegen. Ich ging hinterher. Milla faltete den Zettel auseinander und überflog ihn schnell.

»Hat jemand Zettel und Stift dabei? Ich hab mein Zeug in der Küche liegen gelassen«, fragte sie, doch wir schüttelten den Kopf.

Plötzlich hörte ich ein leises Geräusch. Ich drehte meinen Kopf zum Haus, doch ich konnte nichts entdecken. Ich schüttelte leicht den Kopf. Wer sollte uns denn jetzt noch belauschen? Tanja stand ja neben mir. Doch die schaute in dieselbe Richtung wie ich. Hatte sie es auch gehört? Ich sah sie fragend an. Sie nickte.

»Ich hab das Gefühl, dass ich verfolgt werde. Und ich weiß auch von wem«, flüsterte sie leise.

»Und von wem?«, fragte ich leise.

»Von meinen Eltern«, antwortete sie genauso leise.

»Wieso denn von deinen Eltern?«, fragte ich erstaunt.

»Ich rede nicht gern darüber« Tanjas Gesicht verfinsterte sich.

Sie war wahrscheinlich nicht gut auf ihre Eltern zu sprechen. Ob das der Grund war, warum sie hier bei ihrer Oma wohnte?

»Hey, was ist jetzt?«

Wir fuhren herum. Die vier sahen uns fragend an.

»Was ist was?«, fragte Tanja.

Wir hatten wegen dem Geräusch gar nicht darauf geachtet, was die anderen so machten.

»Wir wollten wieder rüber zum Festland fahren«, erklärte uns Malte die Sachlage.

»Warum? Wir sind doch noch keine halbe Stunde hier.« Tanja und ich sahen ihn verwundert an.

»Naja, also wir haben Zettel und Stift vergessen. Und ich habe mit den Zetteln und dem Stift, die ich mir bereitgelegt hatte auch die Übersetzung der restlichen Karte vergessen. Außerdem haben die drei die Kartenteile nicht, weil du sie mitgenommen hast«, zählte Milla die Argumente auf.

»*Ich* hab die Karte mit genommen?«, fragte ich erstaunt.

In Gedanken ging ich den letzten Tag noch einmal durch. Ja, ich hatte die Karte mitgenommen. »Ach, stimmt ja. Das hatte ich vergessen. Sie liegen, glaub ich, in meinem Zimmer auf dem Schreibtisch.«

»Siehst du«, sagte Julian. »Deswegen werden wir jetzt auch zurückfahren und die Karte holen, zusammenflicken und Milla wird die Übersetzung nochmal ordentlich aufschreiben, damit wir alles beisammen haben.«

»Das klingt vernünftig«, meinte Tanja und ich nickte zustimmend. Wir drehten uns um und machten uns auf den Weg zu unserem Boot. Da hörte ich ein Rascheln. Blitzschnell drehte ich mich um. Ich glaubte zwei Köpfe hinter dem Haus verschwinden zu sehen.

»Hast du das auch gesehen?«, fragte ich Tanja.

Sie nickte und schon wollten wir losrennen, doch Milla rief uns zurück: »Tanja, Miri, kommt jetzt endlich!«

Ich wollte protestieren, doch Tanja hielt mich davon ab.

»Das hat doch sowieso keinen Zweck.«

Sie schien schon Erfahrungen gemacht zu haben, denn sie verdrehte die Augen und winkte ab. Ich musste grinsen. Milla hatte anscheinend ihren eigenen Dickkopf. Ich warf noch einen misstrauischen Blick über die Schulter, dann liefen wir den anderen hinterher.

In der Felsenhöhle machten wir genau das, was wir vorgehabt hatten. Ich war nach Hause gelaufen und hatte die Karte geholt, dann machten wir uns an die Arbeit. Nachdem wir die vier Kartenteile ordentlich zusammengeklebt hatten, übersetzte Milla den Text. Dann teilten wir ihn in Abschnitte ein, denn Rafael war laut Milla und Tanja ein sehr kluger Mann. Bei ihm musste man manchmal jedes Wort wörtlich nehmen. Die Zeichnung selbst war anscheinend nur dafür da, dass wir auch zu der richtigen Insel fahren. Gerade als wir alles fertig hatten, klingelte plötzlich etwas. Mein Handy! Schnell nahm ich den Anruf an.

»Hallo, Mama. ... Ja, ich bin auf dem Heimweg ... Bis später!« Ich legte auf und seufzte.

»Ich muss nach Hause«, sagte ich zu den anderen. »Morgen um zwei?«

»Warum so spät?«, fragte Tanja zurück.

»Weil ich zur Schule muss. Ich komm um halb zwei nach Hause, Mittagessen bis Viertel vor zwei und eventuell treffen wir uns um zwei. Dann passt das bei mir«, erklärte ich.

»Du hast einen sehr genauen Alltag.« Malte grinste mich belustigt an. »Aber ich denke, das geht in Ordnung.«

Auch Milla nickte.

6. Böse Überraschung

Am nächsten Morgen in der zweiten großen Pause tauchte plötzlich Tanja auf dem Schulhof auf. Als sie auf mich zu kam, sah ich, dass sie ganz blass um die Nase war. Stumm hielt sie mir die Zeitung unter die Nase. »Riesenskandal um *The Black Hand*s Erbe«, stand da ganz groß. Ich riss Tanja das Blatt aus der Hand.

»Was?!«, rief ich fassungslos aus, als ich mir den Artikel durchgelesen hatte. Tanja hatte ruhig da gestanden, bis ich fertig war. »Ich glaube, du musst mir jetzt doch mal was über deine Familie in den Niederlanden erzählen.«

Tanja nickte stumm. Dann begann sie zu erzählen. Davon, dass ihr Vater Rafael bis zum Tod nicht ausstehen konnte und er diesen Hass auf den Rest der Familie übertrug. Tanja selbst mochte ihren Opa, auch wenn er kriminell sei, so sagte sie, sei er von Grund auf ein sehr liebenswürdiger Mensch. Wegen ihrem Vater sei auch Milla nach Deutschland gezogen, um sich das Ganze nicht mehr anhören zu müssen. Irgendwann war es Tanja dann auch zu bunt geworden. Sie hatte ihr Zeug gepackt und war mit dem Fahrrad zu Milla gefahren. Das war vor ein paar Jahren. Seitdem wohnte sie bei ihrer Oma und ihre restliche Familie hatte sich nicht mehr um sie gekümmert, weil sie ja seitdem »zu diesem gefährlichen Supergangster« gehöre.

»Und jetzt steht da, dass meine Eltern nach Deutschland kommen wollen. Um mich zu holen! Und natürlich Opas Geld. Ich will nicht, dass sie herkommen. Die ganze Zeit wollten sie nichts mit ihm zu tun haben und sie haben auch akzeptiert, dass ich nicht mehr da bin. Aber das Geld, das wollen sie natürlich!«, brach es jetzt aus ihr heraus.

Sie schluchzte auf. Ich nahm sie beruhigend in den Arm.

»Aber das Schlimmste ist ja, dass sie schon hier sind. Weißt du, deshalb bin ich vorgestern so plötzlich weggelaufen. Da hab ich sie gesehen und ich wollte nicht, dass sie mich sehen. Sie wollen nur das Geld, dass mir und Oma zusteht.« Sie machte eine kleine Pause, in der sie versuchte sich etwas zu beruhigen. »Es wird Zeit, dass wir Opas Schatz finden, damit wir ihn irgendwo verstecken können. Dort wo sie ihn niemals finden werden.« Jetzt hatte sie ihre Fassung wieder. Dann klingelte es.

»Ich muss zurück in den Unterricht« Ich seufzte. »Warte hier auf mich. Nach der Schule machen wir Tempo. Und rühr dich nicht von der Stelle. Nur im Notfall!«, sagte ich noch.

»Danke!«, flüsterte Tanja und verwischte die Spuren, die die Tränen hinterlassen hatte.

Ich lächelte, dann lief ich los. In mir machte sich das schlechte Gewissen breit, als ich sie da so stehen ließ. Doch ich musste zum Unterricht. Im Klassenraum beobachtete ich Tanja durch das Fenster. Sie stand an derselben Stelle, an der ich sie zurückgelassen hatte. Beruhigt schaute ich wieder an die Tafel. Ich schaute immer wieder unauffällig zu Tanja hinunter. Doch als die letzte Stunde gerade angefangen hatte, war Tanja plötzlich weg! Ich hatte Mühe nicht aufzuspringen und zum Fenster zu stürzen.

»Miriam, ist alles in Ordnung?« Frau Sommer sah mich fragend an. »Warum starrst du denn so entsetzt aus dem Fenster?«

Ich sagte nichts. Stumm schaute ich ihr zu, wie sie zum Fenster ging und die Umgebung prüfend absuchte.

»Da ist doch gar nichts«, stellte sie dann verwundert fest.

»Das ist ja gerade das Problem!«, rutschte es mir verzweifelt heraus.

Frau Sommer schaute mich irritiert an.

»Jetzt aber raus mit der Sprache!«, sagte sie forschend.

Ich seufzte. »Ich hab meiner Freundin gesagt sie soll auf mich warten und sich nur im Notfall verstecken. Und da sie nicht da ist, heißt das, dass es ein Notfall ist!«, erklärte ich ohne Luft zu holen.

»Was so Schlimmes wird schon nicht passiert sein«, meinte Frau Sommer und ging wieder zur Tafel.

»Wenn Sie wüssten«, murmelte ich.

»Wenn sie was wüsste«, fragte Marlene, die direkt hinter mir saß und meine Worte mitgekriegt hatte.

»Wenn sie wüsste, was hier für Menschen rumlaufen«, antwortete ich.

Noch bevor irgendjemand eine Reaktion zeigen konnte, klopfte es an der Tür.

»Herein«, bat Frau Sommer.

Die Tür öffnete sich und Tanja trat herein.

»Tanja!«, entfuhr es mir.

»Ich wollte fragen, ob ich bleiben kann.« Tanja sah erst Frau Sommer und dann mich fragend an.

»Warum, wenn ich fragen darf?«

»Naja, weil... Ich weiß nicht, wie ich Ihnen das erklären soll«, sagte Tanja ausweichend.

»Was ist passiert?«, fragte ich, bevor irgendjemand antworten konnte.

»Mein Vater ist da«, antwortete Tanja.

»Ich habe schon so was geahnt.« Ich sah meine Klassenlehrerin bittend an. »Sie hat ein echtes Problem und ich finde es unmenschlich wenn wir ihr nicht helfen«, sagte ich.

»Also wenn sie ein Problem hat, können wir ihr ja helfen, oder? Ein Schüler mehr oder weniger macht jetzt für eine Stunde keinen Unterschied mehr«, meinte jetzt auch Marlene.

Ich sah sie dankbar an. Tanja tat dasselbe.

»Na gut«, gab Frau Sommer nach. »Wegen der einen Stunde macht es wirklich keinen Unterschied.«

»Danke« Tanja lächelte erleichtert.

Als sie sich neben mich setzte, flüsterte ich: »Und wenn jemand hereinkommen sollten, versteckst du dich einfach hinter meinem Schulranzen.«

Tanja nickte. Dann senkte sie den Kopf, sodass sie wie ein x-beliebiger Schüler aussah. Es war mir ein Rätsel, wie sie meine Klasse gefunden hatte.

Vielleicht fünf Minuten vor Schulschluss klopfte es plötzlich. Blitzschnell rutschte Tanja unter den Tisch und verschwand hinter meiner Tasche.

»Herein«, sagte Frau Sommer.

Ein großer schlanker Mann mit braunen Haaren und grimmigen Gesicht kam herein. Alles war mucksmäuschenstill.

»Ja?«, fragte Frau Sommer in die Stille hinein.

»Ich suche ein Mädchen, hellbraune, schulterlange Haare, grüne Augen, ungefähr so groß«, antwortete er und hielt seine Hand an seine Brust.

Die Beschreibung traf genau auf Tanja zu! Das musste ihr Vater sein. Noch bevor Frau Sommer etwas sagen konnte, schüttelte die ganze Klasse den Kopf.

»Wir haben das Mädchen nicht gesehen«, antwortete Nina.

»Da hören Sie's«, meinte jetzt auch Frau Sommer. »Bei uns ist dieses Mädchen nicht vorbeigekommen. Auf Wiedersehen.«

Sie drehte sich wieder zur Tafel um. Ohne sich zu verabschieden, verließ der Mann unseren Klassenraum. Aber wir hörten keine

Schritte, weshalb Tanja sich noch versteckt hielt. Und wieder war es Nina, die sich meldete und fragte, ob sie auf die Toilette gehen dürfe. Frau Sommer nickte nur und wandte sich wieder ihrem Notizzettel zu.

Plötzlich war ein Schmerzensschrei zu hören: »Aua!« Und gleich darauf ein Fluch: »Verdammt! Kannst du nicht aufpassen?!«

Wir schauten auf. Nina hatte die Tür schwungvoll geöffnet und sie jemandem gegen den Kopf geknallt.

»Oh, entschuldigen Sie vielmals!«, rief sie mit gespieltem Entsetzen. »Aber was machen sie denn hinter der Tür?«, fragte sie dann, immer noch mit erschrockener Stimme.

»Ich habe mir den Schuh gebunden«, antwortete der Mann etwas verlegen.

Schnell stand er auf und ging zur nächsten Tür, um dort anzuklopfen. Nina schloss die Tür mit einem zufriedenen Grinsen und Tanja kam unter dem Tisch hervor. Frau Sommer schüttelte nur den Kopf, als wüsste sie nicht, was sie zu dieser Aktion sagen sollte.

»Der war wohl misstrauisch.« Marlene lachte. »Aber uns so schnell kann man uns nicht austricksen.«

»Danke, dass ihr mich nicht verraten habt«, meinte Tanja.

»Natürlich nicht! Bei uns wird keiner verpfiffen!«, sagte Nina bestimmt.

Alle nickten zustimmend.

»Deine Klasse ist echt in Ordnung«, flüsterte Tanja mir zu. »Ganz anders als meine alte in der Niederlande.«

Ich musste grinsen. »Ich glaube, das ist auch nur eine Ausnahme. Meine Grundschulklasse war nicht so.« Dann schaute ich auf die Uhr. »Und die Schule können wir auch abhaken.«

Auch Frau Sommers Blick lag auf der Uhr. Dann entließ sie uns.

Wir rannten hinaus, hetzten über den Schulhof und entfernten uns mit strammen Schritten vom Schulgelände.

»Bist du dir sicher, dass er uns nicht gesehen hat?«, fragte Tanja nach einem Blick über die Schulter.

»Es ist sehr wahrscheinlich, dass wir im Getümmel untergetaucht sind«, antwortete ich und blieb stehen, denn wir waren an unserem Gartentor angelangt.

»Ich gehe nach den Sommerferien auf eure Schule«, sagte Tanja da. »Vielleicht komm ich sogar in deine Klasse.« Dann senkte sie den Blick. »Wenn ich nicht vorher in die Niederlande zurück muss.«

»Na, dass glaube ich nicht. Wir werden das schon irgendwie hinkriegen«, sagte ich zuversichtlich und klingelte an unserer Haustür. Ganz so sicher wie ich das sagte, war ich mir da aber nicht.

Wer weiß zu welchen Mittel Tanjas Vater alles griff. Es dauerte einen Moment bis meine Mutter die Tür öffnete.

»Ich hoffe, es ist nicht schlimm, dass ich Tanja mitgebracht habe«, sagte ich.

Meine Mutter schüttelte den Kopf und sagte zu Tanja: »Nein, natürlich nicht. Du kannst gerne mitessen.«

Tanja bedankte sich höflich und wir gingen in die Küche, wo meine Mutter schnell für Tanja aufdeckte. Dann verließ sie den Raum und wandte sich den Wohnzimmerschränken zu. Ich hörte wie sie die Sachen aus Kartons packte und in die Schränke räumte. Ganz fertig waren wir nämlich mit dem Umzug noch nicht. Während wir zu Mittag aßen, trugen wir noch einmal alle Fakten zusammen und stellten Vermutungen und weitere Vorschläge auf.

Die meisten waren unlogisch oder es gab zu viele Gegenargumente. Als wir schließlich den Tisch abräumten, waren wir kein Stückchen weitergekommen.

Vor der Felsenhöhle wartete Milla. Sie hatte uns kommen sehen und war stehengeblieben.

»Wusst ich's doch.« Milla begrüßte uns lachend. »Hast deinen Vater ausgetrickst und bist untergetaucht, so wie ich dich kenne.«

»Oma! Ich hab mich nur in Miris Klasse versteckt, als er auf den Schulhof kam und bin dann ich mit ihr nach Hause. Sonst nichts.« Dann seufzte Tanja.

Sie hatte wahrscheinlich auch dieses Funkeln in Millas Augen gesehen. Sie duldete keinen Widerspruch.

»Frag mich nicht woher sie das weiß«, zischte sie mir leise zu, als Milla sich umdrehte.

Ich schüttelte nur lächelnd den Kopf. Ich fragte mich selbst, wie Milla das rausgefunden hat.

Als wir zu den anderen kamen, holten sie gerade alle Fundstücke aus einer Kiste. Wir hatten am Vortag verhindern wollen, dass wir nochmal ohne die Karte zur Insel fuhren.

»Ihr kommt genau im richtigen Moment«, begrüßte uns Michael.

»Na, dann lasst uns mal die Karte studieren«, meinte Tanja.

Wir betrachteten die Karte auf dem Tisch nachdenklich.

»Veel plezier op dc eilanden«, murmelte Tanja plötzlich. Oder so was ähnliches.

»Was?«, fragten wir wie aus einem Mund.

»Veel plezier op de eilanden«, wiederholte Tanja etwas lauter. »Das bedeutet: Viel Spaß auf den Inseln.«

»Ach so«, murmelte Malte und damit war diese Übersetzung wieder in Vergessenheit geraten.

»Ich glaube, wir müssen auf die Insel, um weiterzukommen«, meinte da Julian.

Ich nickte. »Wir brauchen neue Hinweise. Und wir sollten uns beeilen.«

»Ja! Schließlich war der letzte Hinweis auch dort«, stimmte Michael uns zu.

7. Unter der Erde

»Was hast du eigentlich in deinem Rucksack?«, fragte Tanja, als wir oben auf dem Hügel standen.

»Ich zeig's dir«, meinte ich und setzte mich ins weiche Gras. Dann packte ich meinen Rucksack aus.

Mein Handy, meine Taschenlampe, ...

»Oh, da sind ja noch die Sachen von Neulich drin«, sagte ich und drehte meine Tasche um, sodass der ganze Inhalt ins Gras fiel.

Doch da war etwas, was vorher noch nicht im Rucksack war. Ein zusammengefalteter Zettel. Wie war der denn da rein gekommen?

»Hast du den aus Versehen eingepackt oder warum guckst du so?«, fragte Malte.

»Nein, den hab ich nicht eingepackt und ich wüsste auch nicht wieso«, antwortete ich und faltete den Zettel auseinander. Darauf stand nur ein einziger Satz.

Tanja las ihn laut vor: »Gebt uns unsere Tochter zurück oder wir holen die Polizei!« Sie runzelte die Stirn. »Das kann doch nur von meinen Eltern stammen! Die glauben doch nicht im Ernst, dass wir uns von so was beeindrucken lassen.«

»Los, kommt, wir suchen nach weiteren Hinweisen«, sagte ich, packte mein Zeug wieder ein und stand auf.

Im Haus steuerte ich sofort auf die Kiste zu.

»Vielleicht ist hier ja noch was drin.«

Michael, Julian und Malte zuckten mit den Schultern, aber Tanja gab zu bedenken:

»Naja, ich weiß nicht. Mein Opa war sehr gerissen. Ich glaube kaum, er zwei Sachen am selben Ort versteckt.«

»Das stimmt, dass wissen wir aus Erfahrung«, stimmte Milla zu. »Aber...« Sie brach ab.

Stille senkte sich über die Insel, nur unterbrochen von dem Rauschen des Meeres.

»Wenn aber alle so denken, dann wäre das der perfekte Platz, oder?«, fragte Malte plötzlich.

»Wenn alle denken wie wer?«, fragte Tanja.

»Wie du!«, antwortete Malte und öffnete die Kiste.

Dreck. Nur Dreck. Wer kam schon auf die Idee, dass da was drin sein sollte? Es war wirklich das perfekte Versteck.

»Das müsste alles raus«, meinte Michael und versuchte die Kiste umzudrehen.

Doch sie war zu schwer. Auch zu sechst konnten wir sie nicht anheben, geschweige umzukippen.

»So funktioniert das nicht. Das Zeug muss auf einen anderen Weg raus«, meinte Julian irgendwann und fing an den Dreck aus der Kiste zu schaufeln.

»Wie lange soll das denn dauern?«, fragte Tanja, sie klang etwas entsetzt.

»So lange wie wir brauchen«, antwortete Michael nur.

Nach einer Weile standen wir zu sechst an der Kiste. Rundherum türmte sich der Dreck. Irgendwann fühlte ich etwas. Etwas Hartes. Schnell kratzte ich den Dreck auseinander. Zum Vorschein kam ein Metallring. Julian zog an ihm, doch er bewegte sich keinen

Millimeter. Ein paar Mal versuchten wir es gemeinsam, aber es klappte nicht.

»So kann man doch nicht richtig ziehen! Man hängt halb in 'ner Kiste drin und versucht 'nen rostigen Ring zu bewegen. So geht das nicht weiter!«, meinte Malte nach einem wieder mal erfolglosen Versuch.

Wir nickten und Michael, Julian und Malte stiegen in die Kiste. Wir Mädels schaufelten weiter Dreck heraus.

»Hey, Leute!«, sagte ich plötzlich. »Ich glaube, ihr steht auf der Tür drauf.«

Die drei hielten inne und schauten mich verdutzt an.

»Wieso?«, fragte Michael.

»Sieht man doch!«, antwortete Milla und deutete hinter Julians Füße.

Jetzt sahen sie es auch. Keine zehn Zentimeter weiter war ein kleiner Spalt, der nach einem halben Meter eine saubere Kante machte und dann an einem Scharnier endete. 20 Zentimeter weiter kam wieder ein Scharnier, danach eine Ecke.

»Das ist der Beweis!«, stellte Tanja fest.

Malte schob mit dem Fuß den Dreck zur Seite, sodass man die ganze Luke sehen konnte. Die drei stiegen von der Tür und zogen mit vereinten Kräften am Ring. Und siehe da! Auf einmal bewegte sich der Ring und die Luke öffnete sich. Ich ergriff die Holzklappe und schob den Spalt noch weiter auf.

»Warum soll denn da eine Beschreibung für dieses . . . Loch sein? Warum können wir denn nicht einfach hineingehen?«, fragte Michael ungeduldig.

»Wir gehen eben auf Nummer Sicher. Bei Rafael kann man sich nicht sicher sein, wenn so viele hinter seinem Erbe her sind«, antwortete ich und drehte die Karte und gleichzeitig den übersetzten

Text um. Es war der Brief. Ich las den, dieses Mal vollständigen, Text noch einmal durch:

Liebe Milla und liebe Tanja!

Ich hoffe ihr lasst euch nicht all zu sehr von dem Rest der Familie ärgern. Vielleicht haben sie ja recht und ich hätte meine Geschicklichkeit anders einsetzten sollen. Trotzdem hätten sie nicht so abweisend sein sollen. Aber jetzt ist es zu spät. Ich werde wohl nie wieder zurückkehren können. Die Reise ist gefährlich und selbst wenn ich sie überleben sollte, werde ich wohl in Nordschottland bleiben müssen. Ich bin sehr traurig darüber, aber ich kann es nicht ändern. Hab euch sehr lieb.

Viele Grüße

Euer Rafael

P.S.: Ich hoffe sehr, dass meine Cousine Charlotte Meier meine gute, alte Villa nicht verkauft hat. Ich glaube, jetzt habe ich den Räubern, denen dieser Brief auch in die Hände fallen könnte, schon zu viel verraten. Trotzdem müsste er eigentlich bei euch angekommen sein. Ich wünsche euch viel Glück! Hoffentlich könnt ihr etwas Sinnvolles damit anstellen...

Doch auch hier war kein einziger Hinweis. Ich verkniff mir einen Seufzer und drehte die Karte wieder um. Ich kniff die Augen zusammen. Stand dort oben nicht etwas. Ich legte meinen Finger unter den Text und versuchte die Schrift zu entziffern. Doch sie war zu klein. Dadurch wurden auch die anderen auf den Text aufmerksam.

»Was ist mit dem Text da oben?«, fragte Malte und schaute zu Milla hinüber.

Sie kramte schon die ganze Zeit in ihrer Handtasche.

»Was suchst du denn?«, wollte Julian wissen.

»Diesen Zettel. Ich bin sicher, ich habe ihn hier irgendwo reingesteckt«, antwortete Milla und durchsuchte nun die Tasche von ihrer Schürze, die sie immer noch umgebunden hatte, und ihre Hosentaschen.

»Ach, hier ist er ja!«, rief sie da und hielt einen zusammengefalteten Zettel in die Höhe. »Ich wusste doch, dass ich ihn mit genommen hatte«, meinte sie, faltete ihn auseinander und legte ihn auf den Tisch. Wir begannen zu lesen.

Am Ende der Treppe, also am Anfang des Ganges, werdet ihr Symbole an den Wänden finden. Drückt auf den Stein mit dem Zeichen, das wie ein Schlüssel und ein Mensch aussieht. Ihr werdet es gebrauchen können...

Ich schaute die anderen fragend an.

»Was werden wir brauchen?«, fragte Tanja.

Malte zuckte mit den Schultern.

»Er hat schon immer gern in Rätseln gesprochen«, meinte Milla und seufzte.

»Lasst uns endlich runtergehen!«, schlug Michael vor. »Dann finden wir auch heraus, was er meint.«

Endlich erfüllten wir Michaels Wunsch.

Dunkelheit umgab uns. Als wir unsere Taschenlampen anschalteten, sahen wir, dass wir vor einer Treppe standen.

»Na dann mal los!«, sagte Tanja und wir stiegen die Treppe hinab. Unten leuchteten wir die Wände ab.

»Wie ein Schlüssel und ein Mensch«, murmelte Malte.

Er leuchtete auf ein Zeichen, das wie ein Schlüssel auf zwei Beinen aussah.

»Was meint ihr?«, fragte er.

»Hm«, machte Milla.

»Also, ich weiß nicht«, meinte ich.

»Ich glaube nicht, dass Opa so was gemeint hat«, gab auch Tanja zu Bedenken.

Michael seufzte. »Drück doch einfach mal drauf, mal schauen, was passiert.«

»Du glaubst doch nicht im Ernst, dass du hier auf allen möglichen Steinen rumdrücken kannst, ohne das was passiert«, sagte Tanja entsetzt.

»Ach, warum nicht?«, fragte Julian.

»Weil viele Menschen hinter Rafaels Erbe her sind. Wahrscheinlich hätten wir nur ein paar Versuche. Lasst uns erst einmal weitersuchen«, erklärte Milla.

»Wir halten uns viel zu sehr mit dieser Sucherei auf!«, murmelte Michael missmutig, doch wir überhörten ihn einfach.

Nach einiger Zeit hatte sich jeder für ein Zeichen entschieden, das er für das richtige hielt.

»So. Jetzt haben wir die Qual der Wahl«, meinte Julian.

Tanja grinste und nahm die Funde in Augenschein. Malte war bei dem Schlüssel auf zwei Beinen geblieben, Michael hatte ein Symbol ausgesucht, bei dem der Mensch einen Schlüssel statt einen Kopf hatte. Julian hatte fast dasselbe wie Michael, nur das der Schlüsselbart nicht nach rechts sondern nach oben zeigte. Ich hatte einen Mensch, der einen Schlüssel in der Hand hielt, Tanja einen, der einen Schlüssel statt Beinen hatte. Millas Mensch dagegen hatte einen Schlüssel an Stelle der Arme.

Dann entstand eine Diskussion, welches der Zeichen wohl das Bessere wäre. Irgendwann war ich es Leid und lehnte mich erschöpft gegen die Wand. Dabei drückte ich aus Versehen mit dem Ellenbogen gegen den Stein, den ich ausgewählt hatte. Erschrocken fuhr ich zurück. Wir sahen zu, wie der Stein den restlichen Weg in die Mauer allein zurücklegte. Da zuckte ich noch einmal zusammen. Aus dem Loch fiel plötzlich grelles, rotes Licht. Wie gelähmt starrten wir es an, denn es veränderte sich! Auf einmal erlosch es. Nach und nach lösten wir uns wieder aus der Starre. Ich richtete meine Taschenlampe auf die Stelle, die eben noch hell erleuchtet war. Dort war ein Stein, er hing in der Mauer, als könne ihn nichts bewegen. Doch auf ihm war kein Symbol wie vorhin.

Auf ihm stand mit großen, roten Buchstaben: FALSCH. Dahinter stand eine römische Eins.

Als Milla sie entdeckte rief sie triumphierend: »Seht ihr! Rafael überlasst seinen Schatz nicht einfach irgendeinem Volltrottel, der einfach auf ein paar Tasten rumdrückt!«

»Hey!«, protestierte ich empört.

»So war das nicht gemeint! Du hast ja aus Versehen draufgedrückt.« Milla seufzte.

»Schon gut«, meinte ich beschwichtigend. »Schwamm drüber.«

»Eigentlich meinte ich, dass man nicht unendlich viele Steine ausprobieren kann«, erklärte Milla.

»Ich denke, wir sollten Millas nehmen, denn sie kennt Rafael am besten«, schlug Julian vor.

Damit waren alle einverstanden. So drückte Tanja auf den ausgewählten Stein. Er bewegte sich keinen Millimeter. Sie drückte fester. Nichts passierte. Als sie sich richtig gegen ihn stemmte, hielt Milla sie plötzlich an der Schulter fest.

»Versuch's einfach mal ganz sanft. Ich bin mir sicher, Rafael hat viele Tricks eingebaut«, schlug sie vor.

Tanja gehorchte. Der Mauerstein schob sich nach hinten. Alle hielten die Luft an, als ein Lichtstrahl aus dem Loch fiel. Grün! Wir atmeten erleichtert auf. Auf einmal schob sich der Stein wieder an seine Ausgangsposition. Als er angekommen war, fiel etwas auf den Boden. Es war eine Holzschachtel. Als ich es aufhob, sah ich, dass der Deckel mit Klebstoff zugeklebt war. Ich zückte mein Taschenmesser und öffnete den Deckel. Die anderen beugten sich zu mir über die Schachtel. In ihr lagen viele Stücke Kreide. Rote und grüne Kreide. Ich sah die anderen fragend an. Doch die waren genauso ratlos.

»Wir werden es brauchen«, meinte Tanja, »Dass hat Opa selbst gesagt.«

Ich seufzte und steckte die Schachtel in meinen Rucksack.

»Gehen wir einfach mal weiter, dann werden wir schon sehen, für was die Kreide gut sein kann«, meinte ich und lief weiter.

Plötzlich teilte sich der Weg in drei weitere auf. Einer führte geradeaus, die anderen zwei zweigten je nach rechts und links ab. Ich blieb stehen.

»Wo gehen wir lang?«, fragte Tanja, die neben mir gelaufen war.

Sofort teilten sich die Ansichten. Ich seufzte genervt.

»Also, ich bin für geradeaus, weil wir uns so nicht so schnell verlaufen können«, meinte Tanja.

»Ich glaube nicht, dass Rafael ein Labyrinth gebaut hat. Er hat auch an uns gedacht. Aber gut, gehen wir geradeaus«, antwortete Milla.

Auch die anderen stimmten jetzt zu. Und wir liefen in den entsprechenden Gang.

Ich betrachtete die Wände. Hier waren keine Zeichnungen an den Wänden. Nach einer halben Ewigkeit teilte sich der Gang, ein Weg ging geradeaus und der andere zweigte im 45° Winkel nach rechts ab. Julian ging ohne die anderen zu fragen nach rechts und wir folgten ihm einfach. Ich hatte Zeit, mir die Gänge genauer anzusehen. Obwohl sie sich auf den ersten Blick wie ein Ei dem anderem ähnelten, stutzte ich plötzlich.

»Hey, wartet mal!«

Die anderen drehten sich verdutzt zu mir um. Ich fing ein Zeichen mit dem Lichtkegel meiner Taschenlampe ein.

»Ein Zeichen, na und?«, fragte Michael. Es klang ein bisschen enttäuscht.

»Na und?« Ich zog eine Augenbraue hoch. »Die ganze Zeit waren keine Symbole an den Wänden und jetzt fängt das wieder an und du fragst ›Na und‹? Das könnte ein Zeichen sein« Ich rang mit den Händen. »Oder irgend sowas.«

Milla zog die Stirn kraus. »Ja, Miriam hat recht. Das könnte wirklich. . .«

Wir schauten zu wie sie etwas aus ihrer Tasche kramte.

»Ein Buch?«, fragte Tanja verdutzt.

»Ja, das ist eins von Rafaels Tagebüchern.« Milla schlug es auf und blätterte darin, als suche sie etwas. »Ich habe sie gefunden und ein bisschen darin gelesen. Ich dachte es würde uns weiterhelfen, aber« Sie seufzte. »Es wurde in Rätsel geschrieben und ich habe kein Wort verstanden. Deshalb habe ich es euch noch nicht gezeigt, weil ich dachte es würde uns nur verwirren.« Sie seufzte abermals.

»Es wäre gut, wenn *du* nicht in Rätseln sprechen würdest, dann würden wir auch etwas verstehen«, meinte da Malte, doch Milla redete einfach weiter.

»Aber jetzt wo Miri das Symbol gefunden hat, glaube ich, dass das Buch wirklich helfen kann«, fuhr sie fort. Plötzlich wurde sie ganz aufgeregt: »Hier! Hier ist es!« Sie hielt uns das Buch unter die Nase und wir begannen zu lesen.

Dort stand, dass Rafael Angst hatte, dass er es uns zu schwer gemacht hätte, aber er müsse so vorsichtig wegen der Diebe sein. Ich wollte schon »Na und?« fragen, aber da stolperte ich über eine Stelle, wo Rafael schreibt, er hoffe wir verstehen das Zeichen, dass in den Gängen gezeichnet war, in denen er Fallen versteckt hatte. Es würde einen Fuchs zeigen, der vor einem Felsen und einem

Kreuz stand. Sofort drehte ich mich um und betrachtete das Symbol. Es waren ein Kreis und ein Kreuz zu sehen, sowie ein Tier, das durchaus auch als Fuchs durchgehen konnte.

»Da haben wir aber Glück gehabt, dass wir das Zeichen gefunden und gedeutet haben«, sagte Tanja, die in die gleiche Richtung gedacht hatte.

»Aber ihr habt ja noch gar nicht den Rest gelesen, denn so habe ich auch gedacht, aber danach kommt wieder ein Rätsel und ich habe die Vermutung wieder verworfen«, meinte Milla und seufzte.

»Stimmt«, sagte Malte, der gleich weiter gelesen hatte, »Hier steht, dass Rafael wegen der Diebe aber vor keiner Falle zurückschreckt.« Er schaute uns erwartungsvoll an.

»Na toll, das hat uns gar nichts gebracht! Jetzt müssen wir doch an der Falle vorbei« Tanja rang mit den Händen, zum Teil wütend und zum Teil aus Verzweiflung.

Ich seufzte. »Wegen dem Felsen vermute ich, dass wir nicht in ein Loch fallen oder plötzlich in 'nem Netz an der Decke zappeln. Der Gang wird wohl eher verschüttet oder irgendwas. . .« Mir gingen die Ideen aus. »Irgendwas passiert mit dem Felsen«, fasste ich zusammen.

»Ich habe keine Ahnung, wie dieser Mechanismus ausgelöst wird, aber ich schlage vor, dass wir uns so vorsichtig wie möglich bewegen«, sagte Julian.

»Na dann mal los«, murmelte Michael und setzte vorsichtig Fuß vor Fuß weiter in den Gang hinein.

Wir folgten im Gänsemarsch. Langsam und vorsichtig und unbeabsichtigt leise. Plötzlich stolperte Julian und fiel der Länge nach auf den Boden. Wir erstarrten erschrocken und Julian fluchte leise.

»Ich bin über diese Schlaufe hier gestolpert und. . .« Julian erstarrte. Eine Klappe in der Wand hatte sich geöffnet und Steine über Steine fielen heraus. Wie gelähmt schauten wir zu, wie sie in Windeseile den Gang verschütteten.

»Kommt, wir müssen hier weg!« Julian war aufgestanden und holte nun auch uns aus unserer Starre.

So schnell wir konnten liefen wir um die Ecke auf die Abzweigung zu und das war der Moment gewesen, in dem Michael angefangen »Schneller! Schneller!« zu rufen, untermalt mit dem Poltern der herannahenden Steine. Wir hasteten auf den anderen Gang zu, hechteten um die Ecke und pressten uns an die Wand. Die Steine hatten plötzlich aufgehört zu rollen und nur noch ein paar Brocken kullerten uns vor die Füße. Ich schnappte nach Luft. Auch die anderen atmeten erleichtert auf. Dieser Ausschnitt aus dem Tagebuch hatte uns überhaupt nicht geholfen! Einer von uns wäre so oder so über den Auslöser gestolpert.

»Wisst ihr eigentlich wie verdammt knapp das eben grad war!?!« Michael lehnte sich gegen die Wand.

Ich stöhnte genervt auf. »Nein, wir standen hier seelenruhig und plötzlich kullerten uns ein paar Steine vor die Füße.« Dann rollte ich mit den Augen. »Mit anderen Worten: ja, natürlich wissen wir wie knapp das war!«

»Seht es doch mal positiv«, sagte Malte, »Wenn wir Glück haben, ist dieser Gang derjenige, der uns zum Ziel führt.« Er zeigte auf den freien Gang.

Ich schnaubte. »Ja, wenn wir Glück haben. So wie ich zumindest mein Glück kennen, ist es nicht der richtige Weg und wir müssen komplett zurück.« Ich wollte schon wieder mit den Händen ringen, aber im letzten Moment verkniff ich mir die Geste und seufzte stattdessen nur.

»Ein Versuch wäre es wert«, sagte Milla und ging vor.

Unsere kleine Truppe setzte sich wieder in Bewegung. Ich suchte wieder die Wände ab, aber dieses Mal fand ich nichts. Mir fiel nur auf, dass sich drei Wege wieder zu einem vereinten, als ich mich einmal umdrehte, um mich zu vergewissern, ob nicht doch ein Zeichen vorhanden war. Dann widmete ich mich wieder den Wänden.

Ich wandte mich erst wieder ab, als Tanja von vorne rief: »Schaut mal! Ich glaube, wir sind am Ziel!«

Sofort schaute ich nach vorne. »Treppenstufen«, flüsterte ich dramatisch.

»Ja«, grinste Malte.

»Tageslicht«, setzte ich flüsternd hinzu. Plötzlich stutzte ich. »Da hängt etwas«, sagte ich dann mit normaler Stimme und in normaler Lautstärke.

»Stimmt«, sagte Julian, während ich schon hinlief.

»Es ist eine Karte«, informierte ich die anderen.

»Vielleicht von den Gängen«, überlegte Tanja, die jetzt neben mir stand.

»Ja, aber... das würde ja dann bedeuten, dass . . .«, begann Michael.

»Dass wir uns umsonst um die Richtung gestritten haben«, beendete Milla den Satz und lächelte. »Also, irgendwie passt das zu Rafael.«

»Und das ganze Spektakel wegen dieser Zeichen war auch für die Katz!« Tanja seufzte. »Und ja, das hat Opa schon immer gerne gemacht. Alles um Kompliziertes noch komplizierter zu machen.«

»Und jeder zweite Gang endete in einer Falle.« Ich seufzte.

»Wir hatten also Glück. Ein zweites Mal wären wir bestimmt nicht so glimpflich davon gekommen«, meinte Malte.

»Das mit der Kreide hat Rafael bestimmt nicht umsonst gemacht«, wandte Milla ein.

Ich seufzte. »Zerbrecht euch nicht den Kopf darüber, was hätte passieren können, ich bin froh, dass ich wieder ans Tageslicht kann.« Dann stieg ich die Stufen hinauf.

Die Treppe endete wieder unter einer Luke. Ich versuchte sie hochzustemmen, doch es gelang mir nicht.

»Hey, helft mir mal!«, rief ich zu den anderen hinunter, die mir langsam gefolgt waren. Jetzt standen sie wieder neben mir. Malte, Michael und Julian packten sogleich mit an. Ich hatte das Gefühl sie bewege sich keinen einzigen Millimeter. Doch dann sah ich im Schein meiner Taschenlampe einen Spalt und kurz darauf rumpelte es über uns, als wäre etwas umgefallen. Wir kletterten nacheinander hinauf. Es war immer noch dunkel, obwohl von irgendwoher Licht kam. Die Strahlen waren allerdings so schwach, dass ich die Stelle nicht ausfindig machen konnte. Ich ließ den Lichtkegel durch den Raum wandern.

»Ich glaub, wir sind in einem Keller gelandet«, stellte Tanja fest, die sich auch umschaute.

»Und da ist die Treppe, die nach oben führt«, ergänzte Milla und stieg auch schon die Stufen empor. Wir folgten ihr. Wieder endete die Treppe an einer Luke, doch dieses Mal ließ sie sich problemlos öffnen. Das Licht stach mir in die Augen, als ich aus der Luke kletterte. Sie befand sich hinter einer Kiste und als ich mich auf gerichtet hatte, waren wir in einem Haus gelandet. Erst dachte ich wir wären im Kreis gelaufen, denn das Haus sah genauso aus wie das in dem in die Tunnel gestiegen waren. Aber als wir auf einem Hügel stehend uns umschauten, bewies sich das Gegenteil, denn ich entdeckte unser Boot auf der Nachbarinsel.

»Krass«, hauchte Tanja neben mir, als auch sie das Boot entdeckt hatte. »Die Inseln sind mit den Gängen miteinander verbunden«, sagte sie, als könne sie es nicht glauben.

»Aber wie haben die oder der oder wer auch immer diese Gänge gebaut?«, fragte ich.

»Gute Frage«, meinte Milla und seufzte. »Aber darüber brauchen wir uns nicht die Köpfe zu zerbrechen.«

»Aber eins verstehe ich immer noch nicht, was genau hat Rafael versteckt und was hat das mit Miris Haus zu tun?«, fragte Julian.

»Und wieder eine gute Frage«, seufzte ich.

»Wenn Rafael beide Inseln miteinbezogen hat, müsste er sich ja sicher gewesen sein, dass die beiden Inseln ihm gehörten. Aber welche gehört jetzt zu der Villa?«, murmelte Milla mehr zu sich selbst, als zu uns.

»Da hast recht. Eigentlich müssten beide Inseln Rafael gehören, beziehungsweise, sie haben ihm gehört. Denn die eine ist ja bei meiner Villa dabei und die andere... naja die andere wird vielleicht jemanden aus seiner Familie gehören«, überlegte ich.

Milla nickte. »Aber das ist zur Zeit Nebensache. Wir können ja mal nachfragen, wenn wir wieder auf dem Festland sind.«

»Aber die Schlussfolgerung ist gar nicht mal so abwegig. Aber lasst uns das Haus und den Keller unter die Lupe nehmen, wir haben ja sonst keine weiteren Anhaltspunkte«, schlug Malte vor und wir gingen zurück ins Haus.

Nach einer guten halben Stunde ließ ich mich auf einen der alten Stühle plumpsen und stöhnte. Wir hatten alles auseinandergenommen, unter jedes lose Brett gesehen, die Wand nach losen Mauersteinen abgesucht, die Kiste gefühlte 200 Mal aus- und wieder eingeräumt und, und, und...

Und nichts, aber auch rein gar nichts, gefunden, nicht den kleinsten Hinweis!

»Mach jetzt bloß nicht schlapp! Wir müssen schließlich noch in den Keller«, meinte Michael.

Ich seufzte und versteckte mein Gesicht hinter meinen Händen.

»Wieso?«, murmelte ich leise.

»War das eine rhetorische Frage?«, fragte Malte.

»Nein«, antwortete ich ironisch.

Milla lachte. »Sei doch nicht so ironisch, irgendwann wissen wir nicht mehr, was du wirklich meinst.«

Tanja wollte mich vom Stuhl hochziehen. »Wir sind doch jetzt schon alles durchgegangen. So weit können wir ja nicht mehr vom Ziel weg sein.«

Ich murmelte etwas für die anderen Unverständliches und stand auf.

8. Süßes Erbe

Zum Glück hatte Milla einen Lichtschalter gefunden. Die nackte Glühbirne, die von der Decke baumelte, verbreitete zwar nicht so gut Licht, aber es war besser als mit einer Taschenlampe. Daher brauchten wir nicht ganz so lange, um den Keller genauer unter die Lupe zu nehmen.

Ich wollte gerade eine Holzkiste schließen und mich der nächsten widmen, als wir einen Aufschrei hörte.

»Au! Verdammt!«

Wir fuhren herum. Tanja hatte die Kommode, die wir beim Öffnen der Luke umgestoßen hatten, aufstellen wollen.

»Was ist denn passiert?«, fragte Julian.

»Ich wollte die Kommode wieder hinstellen. Dabei bin ich irgendwie abgerutscht und die ist mir auf den Fuß gefallen.« Tanja massierte sich die schmerzende Stelle am Fuß.

Malte wollte die Kommode aufstellen, ließ sie aber dann liegen.

»Die ist viel schwerer als sie aussieht«, meinte er.

Zu dritt hoben sie das kleine Schränkchen hoch und stellten es wieder in die richtige Position. Da kam mir plötzlich ein Gedanke. Ich wollte die Schublade öffnen, doch auch Tanjas Hand griff gleichzeitig nach dem Griff.

»Wir denken in dieselbe Richtung«, grinste sie.

»Scheint so«, meinte ich und öffnete die Schublade.

Oder besser gesagt: Ich versuchte sie zu öffnen. Sie klemmte. Ich zog mehrere Male ruckartig an der Schublade, aber erst als Tanja mir zu Hilfe kam, schafften wir es gemeinsam die Schublade herauszuziehen. Sie fiel vor unseren Füßen auf den Boden. Und darin lagen . . . Teddybären! Sie hatten schwarze Pullover und ebenso schwarze Handschuhe an. Malte, Julian, Michael und ich schauten halb irritiert, halb enttäuscht in die Schublade. Doch Milla und Tanja schnappten gleichzeitig nach Luft.

Wir starrten sie verwirrt an.

»Wisst ihr, was das ist?« Milla schien diese Worte nur zu hauchen.

»Nein«, antwortete Michael ehrlich.

»Ich weiß aber, was *das* ist«, sagte ich da und zog einen pechschwarze Gummihandschuh unter den Plüschtieren hervor. »Das ist das Markenzeichen von *The Black Hand*«, erklärte ich, ohne die Reaktion der anderen abzuwarten.

»Der eindeutige Beweis«, murmelte Tanja.

»Für was?«, fragte Malte.

»Also, diese Teddybären sehen genauso aus, wie die, die mein Opa uns mal mit gebracht hat. Und der Handschuh ist in der Tat sein Markenzeichen. Also. . .« Tanja sah uns auffordernd an.

»Also ist es jetzt endgültig bewiesen, das wir hier *The Black Hand*'s Erbe suchen und das die ›Schatzkarte‹ ist.« Ich hielt die Karte hoch.

Milla nahm einen Bären und wog ihn in ihrer Hand.

»Die sind genauso schwer, wie die Zuhause. Das heißt ja, dass...« Milla ließ den Satz in der Luft hängen, denn wir wussten alle wie er endete.

»Er hat also vorgesorgt, dass ihr im schlimmsten Fall wenigstens einen kleinen Teil seines Erbes bekommt«, sagte ich trotzdem.

Plötzlich hörte ich ein Geräusch! Blitzschnell drehte ich mich zur Treppe um, doch ich konnte nichts entdecken. Erst als ich mich wieder zu den anderen drehte, merkte ich, dass auch Tanja sich zur Treppe gedreht hatte.

»Hast du das auch gehört?«, flüsterte sie.

Ich nickte.

»Was?«, fragte Julian halblaut.

»Scht!«, zischten Tanja und ich im Chor.

Dann war es mucksmäuschenstill. Wir hörten nichts mehr.

»Hab dieses ungute Gefühl, dass wir beobachtet und belauscht werden«, zischte ich. »Erinnerst du dich daran, was wir auf der anderen Insel vor dem Haus gesehen und gehört haben?«

Tanja nickte. »Meine Eltern«, flüsterte sie. »Aber woher wissen sie immer wo wir sind?«

Ich zuckte mit den Schultern.

»Wir müssen vorsichtiger sein«, flüsterte Milla. »Das ist jetzt besonders wichtig. Jetzt, wo wir ihn haben, und ihn verstecken müssen, müssen wir leise und bedacht handeln. Und vor allem die Spuren verwischen, die ihnen helfen können.«

Wir nickten gehorsam.

»Hey, schaut mal her!«, zischte Michael.

Er zeigte neben die Kommode auf den Boden. Er hatte die Seile, die dort lagen, beiseite geräumt und so eine weitere Luke zum Vorschein gebracht.

»Wo die wohl hinführt?«, murmelte Julian.

»Wie wollen wir die denn wieder verstecken?«, fragte Malte leise.

»Hm«, machte Milla. »Erstmal müssen wir die Teddybären und den Handschuh verstauen. Zum Beispiel in deinem Rucksack, Miri.«

Sofort setzte ich ihn ab und versuchte so viele Bären wie möglich in ihm verschwinden zu lassen. Doch es passte nicht einmal die Hälfte hinein.

»Das passt einfach nicht. Es muss etwas hinaus«, murmelte ich verbissen nach mehreren Versuchen, mehr Platz zu schaffen.

Also schüttete ich alles wieder heraus. Das Taschenmesser kam in die Hosentasche, ebenso wie mein Handy. Das Tau legte ich erstmal beiseite und versuchte es von neuem. Dieses Mal kriegte ich mit Ach und Krach und viel Gequetsche gerade mal die Hälfte der Plüschtiere in meiner Tasche unter.

»Der Rest kommt somit in meine Handtasche«, seufzte Milla. »Ich weiß aber nicht, ob da alles rein geht.«

Während wir mit dem Packen beschäftigt waren, machten sich die anderen an der Luke zu schaffen. Sie ging ganz leicht zu öffnen. Dann banden sie die Seile um den Griff und probierten aus, ob man, wenn man die Luke von unten schloss, sie unter den Seilen sehen konnte.

Irgendwann stöhnte ich. »Egal wie wir es drehen, es bleibt immer noch einer übrig!«

Auch Milla seufzte.

»Ach was, irgendwie muss der doch mitkommen«, sagte Malte.

»Aber wir können ihn nicht in die Hand nehmen. Was ist, wenn das jemand sieht?« Milla rang mit den Händen.

»Der wird denken ›Was für ein süßer Teddy‹, oder?«, meinte Michael.

»Das wird ganz sicherlich nicht jemand denken, der weiß, was wir wirklich in der Hand halten«, mischte sich nun auch Tanja ein. »Jemand wie meine Eltern.«

Milla nickte zustimmend. »Sie haben sich lange genug dieses Spektakel angesehen und sie wissen ganz genau was sie tun und wonach sie suchen!«

Ich seufzte. »Seid ihr wenigstens fertig?« Ich sah mir die Luke genau an.

Malte nickte. »Wir haben es ausprobiert. Wenn man die Luke von unten schließt, verdecken die Seile die Luke komplett. Man findet sie nur, wenn man sie sucht.«

»Und was machen wir mit der anderen Luke?«, fragte Tanja, noch leiser als wir ohnehin schon sprachen.

»Die lassen wir so. Wenn deine Eltern merken, dass wir vorsichtiger geworden sind, werden sie den Keller durchsuchen und die Luke finden, durch die wir verschwinden. So allerdings werden sie glauben, wir wären durch diese Luke verschwunden und gehen zur anderen Insel zurück«, erklärte Michael leise.

Wir nickten.

»Bleibt also nur noch die Frage: Wohin mit dem letzten Teddy?«, sagte Tanja und seufzte.

Da schlug sich Milla gegen die Stirn. »Das ich da nicht gleich drauf gekommen bin!«, flüsterte sie. »Ich hab ja noch meine Schürze an!«

Sie nahm den Teddybären und steckte ihn in eine Tasche, die sich auf der Innenseite der Schürze befand.

»Ich hatte sie mir mal gekauft. Aber ich wollte immer eine Tasche dran haben. Ich habe sie aus Versehen auf die falsche Seite genäht. Als mir das aufgefallen ist, habe ich gedacht, ich werde sie irgendwann mal gebrauchen können und habe sie dran gelassen.« Sie lachte leise erleichtert auf. »*Jetzt* kann ich sie gebrauchen.«

Dann nahm sie ihre Tasche und ich setzte meinen Rucksack auf.

»Meine Güte, ist der schwer!«, stöhnte ich.

Milla nickte. »Mir geht's nicht besser.«

Tanja schnappte sich den Handschuh und steckte ihn in ihre Hosentasche.

»Na dann los!«, flüsterte Malte und legte die Kommode vorsichtig auf die Seite, so das man beide Luken öffnen konnte, ohne die Kommode verrücken zu müssen.

Nacheinander kletterten wir durch die Öffnung.

9. Unerwartete Hilfe

Dieser Tunnel sah auf den ersten Blick genauso aus wie der andere. Wir liefen die Treppe hinunter und eilten durch den Gang.

»Warum hetzt ihr denn so?«, fragte Milla und stöhnte.

Wir zwei hatten es mit den Teddybären nicht leicht. Ich blieb ächzend stehen.

»Entweder wir tauschen jetzt oder ihr rennt nicht mehr so!«, forderte ich die anderen auf.

Tanja kam zu mir und ich setzte meinen Rucksack ab.

»Wegen meinen Eltern. Wenn sie auch durch den Gang gekommen sind, wissen sie, dass das der falsche Tunnel ist. Dann wäre ein Vorsprung nicht schlecht. Oh, ist der schwer!« Tanja hatte meinen Rucksack aufgesetzt.

»Ja, deswegen solltet ihr auch nicht so hetzen«, meinte ich.

»Und weiter!«, sagte Malte, der Millas Tasche genommen hatte und schon war unsere kleine Truppe wieder in Bewegung.

Ich hatte Mühe mit Tanja mitzuhalten, die trotz des schweren Gepäcks ein beachtliches Tempo vorlegte. Aber im Großen und Ganzen kamen wir ohne besonderen Vorkommnisse durch den Gang. Zu meiner Verwunderung teilte sich der Weg kein einziges Mal. Irgendwann standen wir vor einer Treppe. Diese endete wie die anderen Male in einer Luke. Ich drückte gegen die Luke, sie ließ sich ganz leicht öffnen. Als ich mich umschaute, stöhnte ich auf.

»Schon wieder ein Keller! Meine Mutter wird sich fragen, warum ich so blass geworden bin«, meinte ich und nahm meinen Rucksack entgegen.

»So schlimm wird's schon nicht sein« Michael grinste.

Ich ging nicht darauf ein und machte mich auf die Suche nach dem Ausgang. Irgendwie kam mir das alles sehr bekannt vor. Da öffnete Tanja eine Tür.

»Ich glaube, hier geht's raus«, meinte sie.

Wir folgten ihr.

»Oh«, machte ich.

Wir waren in einem Flur gelandet, der mir auch bekannt vorkam. Und dieses Mal wusste ich auch woher.

»Wie kommen wir hier unbemerkt wieder raus?«, fragte ich leise.

Die anderen sahen mich fragend an.

»Ihr wisst nicht, wie bohrend meine Mutter fragen kann. Sie quetscht einen richtig aus.«

»Willst du etwa damit sagen, dass wir bei dir Zuhause gelandet sind?«, fragte Milla, die es als erstes kapiert hatte.

Ich nickte nur und schlich zur Treppe. Die anderen folgten mir genauso leise. Am oberen Ende schaute ich um die Ecke. Ich konnte niemanden entdecken. Zu hören war auch nichts. Ich schlich weiter. Die anderen folgten mir.

»Was macht ihr denn hier?!« Eine Stimme ließ uns herumfahren. Meine Mutter stand in der Küchentür.

»Mama!«, sagte ich erschrocken, »Musstest du uns so erschrecken?!«

»Na, ich werd ja wohl noch fragen dürfen, was ihr in meinem Haus macht, oder etwa nicht?«, antwortete meine Mutter.

Dann beäugte sie meine Begleiter.

»Da ihr ja mit meiner Tochter unterwegs seid, könnt ihr schon mal keine Einbrecher sein«, stellte sie fest.

Wir schüttelten den Kopf.

»Nein, wir sind ehrlich gesagt nur durch Zufall hiergelandet«, antwortete Milla.

Meine Mutter machte einen Schritt zur Seite und sagte: »Kommt rein.«

Als wir uns alle in der Küche versammelt hatten, fragte sie: »Wie genau seid ihr eigentlich in unseren Keller gekommen?«

»Ich glaub, wir sollten uns erstmal vorstellen. Das sind Tanja und Milla. Und die anderen drei kennst du ja schon«, ergriff ich jetzt das Wort.

Meine Mutter nickte. Malte, Michael und Julian hatten ja schließlich beim Umzug geholfen.

Dann erklärte ich weiter: »Du weißt ja, dass bei der Villa noch eine Insel dabei war.«

»Ja, Felix wollte sie unbedingt mit kaufen«, antwortete sie und musste dabei lächeln. Das passte wirklich zu meinem Onkel.

»Wir waren heute auf der Insel. Dort haben wir einen Tunnel gefunden und den sind wir lang gegangen. Na, und dann sind wir eben hier gelandet«, erzählte ich.

»Ich glaube, wir erzählen die ganze Geschichte. Nur so zum besseren Verständnis«, meinte Malte.

Das taten wir dann auch. Als wir geendet hatten, schüttelte meine Mutter den Kopf.

»Also irgendwie passt das zu dir. Jetzt weiß ich wenigstens, wo du die ganze Zeit warst.« Sie lächelte. »Aber ich kann mal sehen, ob ich euch helfen kann.«

»Danke.« Ich drückte sie.

Ich war froh, dass sie uns half.

Tanja seufzte. »Ich glaube, wir müssen jetzt erst mal Kriegsrat halten: wo wollen wir den Schatz verstecken?«

Ich zuckte mit den Schultern. Da kam mir ein Gedanke.

»Was ist, wenn die wissen, dass das Erbe in den Teddybären versteckt ist? Dann können wir es schlecht drinnen lassen.«

»Woher sollten sie das denn wissen?«, fragte Julian, doch Milla überlegte.

»Das ist gar nicht mal so weit hergeholt. Wenn sie die ganze Zeit wussten, wo wir waren, könnte es auch möglich sein, dass sie wissen, wie das Erbe versteckt ist«, meinte sie.

»Was ist wenn wir den Schatz aus den Teddybären herausholen und die Teddybären in ein leichtes Versteck legen. Den Schatz verstecken wir an einer anderen Stelle«, schlug meine Mutter vor.

»Das ist eine gute Idee«, sagte Malte.

»Und wieder bleibt die Frage: wo verstecken wir den Schatz?« Michael seufzte.

»Lasst ihn uns doch erstmal herausholen. Dann denken wir weiter.« Milla nahm einen Bären in die Hand und untersuchte ihn. Auch meine Mutter nahm auch einen in die Hand. Sie drehte und wendete ihn, schaute sich ihn von allen Seiten genau an.

Schließlich hatte sie gefunden, wonach sie gesucht hatte, denn sie sagte: »Schaut, hier unten ist die Naht.«

Sie holte eine Schere und schnitt den Bären auf. Heraus fielen kleine Beutelchen. Da sie ordentlich verschnürt waren, machten wir anderen uns daran, sie zu öffnen, während meine Mutter die anderen Teddybären aufschnitt. Manche waren schwer, andere leicht. In manchen leichten waren zusammengefaltete Zettel und in den anderen waren. . . Wir staunten nicht schlecht, als wir bares

Geld, Juwelen und wertvolle Schmuckstücke aus den Beuteln holten.

»Das Erbe von *The Black Hand*«, murmelte Malte ehrfürchtig.

Tanja nickte stumm.

Wir sortierten den Inhalt der Bären, damit wir uns einen Überblick verschaffen konnten.

»Wir sollten die Teddys wieder füllen, damit es nicht auffällt, dass wir etwas rausgenommen haben, schlug Michael vor.

Julian nickte. »Wer weiß, wie viel die wissen.«

Ich dachte nach. »Da wäre Sand doch die beste Lösung, oder?«

Milla wiegte nachdenklich mit dem Kopf. »Aber wo kriegen wir so viel Sand her?«

»Bei uns zu Hause steht doch immer noch mein alter Sandkasten, oder?«, fragte Tanja.

Milla nickte.

»Und wir haben auch noch einen«, fügte ich hinzu.

»Und zur Not nehmen wir Kies«, ergänzte meine Mutter.

»Na gut, aber müssen wir die zwei Teddybären bei uns Zuhause holen, damit wir auch alle haben.« Milla stand auf.

»Wir müssten sie auch zählen«, meinte ich. »Das können wir beim Füllen machen und dann stellen wir sie sozusagen als Verzierung hier ins Haus. Das ist am Unauffälligsten und wir finden sie leicht wieder.«

Meine Mutter nickte. »Um sie aber alle wieder zu finden, müssten wir 'ne Liste machen, falls irgendwas sein sollte.«

Damit waren alle einverstanden.

Als Tanja und Milla schon an der Tür waren, meinte ich: »Da wir jetzt auf der Hut sind, möchte ich gern mitgehen.«

So machten wir uns zu dritt auf den Weg, während die anderen sich schon an die Arbeit machten. Als wir gerade in die Straße einbiegen wollten, zog uns Tanja plötzlich wieder zurück und spähte um die Ecke.

»Was ist denn los?«, fragte Milla.

»Pscht!«, zischte Tanja, »Vielleicht kann ich verstehen, was sie sagen!«

Wir spähten zu dritt hinter der Hecke hervor. Dort standen eine Frau, ein Junge und der Mann, der am Morgen in unserem Klassenraum war.

»Da sind sie«, murmelte Milla.

»Meine Eltern und mein Bruder«, murmelte Tanja erklärend.

Wir lauschten angestrengt. Jetzt konnten wir sie verstehen.

»Warum sind die nicht da?! Deine Mutter ist doch sonst immer Zuhause!«, regte sich Tanjas Vater auf.

»Woher soll ich das denn wissen?« Tanjas Mutter guckte ihn empört an.

»Wenn ich letztens vorsichtiger gewesen wäre, hätten wir jetzt wenigstens die Karte«, murrte der Junge.

»Du warst so leise wie möglich, wenn die geschlafen hätte, hätte sie dich nicht gehört«, tröstete ihn seine Mutter.

»Ich hab geschlafen! Bis er mich geweckt hat!«, murmelte ich.

»Und du bist ihr entkommen!«, fügte Tanjas Vater hinzu. »Heute Abend versuchst du es einfach noch einmal, dieses Mal nach Mitternacht, um sicherzugehen. Wenn wir Glück haben, haben die grundlos auf den Inseln gesucht. Es ärgert mich, das Helmut so wenig herausgefunden hat. Er hat noch nicht einmal gesehen, ob sie was gefunden haben oder nicht.«

»Ach, da kommt er ja!«, unterbrach seine Frau seinen Redefluss. Tatsächlich kam ein zweiter Mann die Straße hinunter gelaufen.

»Sie waren in einem Keller! Wie soll man denn da was sehen?«, brach es dem Mann heraus, der wahrscheinlich Helmut war.

»Pscht!«, zischte Tanjas Mutter, »Nicht hier auf der Straße. Hier könnte uns sonst jemand hören!«

Sie drehten sie um und liefen die Straße hinauf.

»Zu spät!« Tanja musste grinsen.

»Wo war denn da die Logik?« Ich schüttelte den Kopf. »Erst reden sie über den Einbruch und was sie schon wissen und was nicht, aber dann gehen sie doch.«

»Jetzt wissen wir wenigstens, dass sie uns wirklich belauscht haben, aber nicht so viel wissen wie wir«, meinte Milla. »Und wir wissen jetzt, dass sie heute wieder bei dir einbrechen wollen.«

Ich nickte.

Wir warteten noch eine Weile, nachdem sie hinter der Biegung verschwunden waren, dann gingen wir zum Haus. Die zwei Bären waren schnell gefunden und so machten wir uns wieder auf den Rückweg. Als wir bei der Villa angekommen waren, war gut die Hälfte der Bären mit Sand gefüllt und wieder zugenäht. Während wir fleißig arbeiteten, erzählten Milla, Tanja und ich von dem Gespräch, das wir belauscht hatten.

»Dann müssen wir uns etwas für heute Abend überlegen.« Malte seufzte.

»Na, wenigstens haben wir jetzt eine Chance, sie zu packen«, meinte Michael.

»Der Meinung bin ich auch«, sagte Tanja.

»Wir müssten sie auf frischer Tat ertappen und überführen!«, fügte ich hinzu.

»Damit ist entschieden, dass wir uns auf die Lauer legen werden!«, stellte Julian fest.

Meine Mutter nickte. »Ich stimme euch zwar zu, aber ich bin auch der Meinung, dass ein Einbruch jetzt doch eine Nummer zu groß für uns ist.«

Milla nickte. »Wir sollten die Polizei einschalten. Auch aus dem Grund, wenn wir der Polizei die Wahrheit erzählen, können Tanjas Eltern nicht mehr mit einer Lügengeschichte antanzen. Außerdem könnte sie uns bei der Überführung helfen, falls sie abhauen wollen, dann sind sie nämlich umzingelt.«

Wir nahmen den Vorschlag einstimmig an und beeilten uns die Bären zu zunähen.

Ich wollte gerade den vorletzten Teddybären nehmen und die Naht trennen, als Milla ihn mir entriss und sagte: »Die zwei könnten wir als Beweismittel bei der Polizei gebrauchen.«

»Okay«, sagte ich, »aber was ist, wenn da nur Papiere drin sind?«

»Dann nehmen wir etwas zur Sicherheit mit«, antwortete Michael und wir sortierten das aus, was wir mitnehmen wollten und verstauten den Rest des Erbes in größeren Beutel.

Diese zählten wir wieder und machten wieder eine Liste, wie bei den Bären.

»Wir könnten sie im Holzstapel hinten im Garten verstecken«, sagte da meine Mutter.

»Und in der alten Mauer«, ergänzte ich und wir gingen hinaus.

Wir versteckten den Schatz zwischen den Holzstücken und den Löchern in der alten Mauer. So, dass wir sie wieder fanden, aber keiner sie fand, der nicht wusste, wo sie waren. Das Ganze notierten wie auf dem Zettel. Dann »verzierten« wir unsere Villa mit den Teddybären, was wir auch auf dem Zettel notierten.

Wir standen an der Rezeption auf dem Polizeipräsidium und versuchten den Mann davon zu überzeugen, dass wir ganz dringend mit dem Kommissar reden mussten. Auch als Milla und Tanja ihre Namen nannten und den schwarzen Gummihandschuh zeigten, ließ er uns nicht durch. Plötzlich bog ein Mann um die Ecke. Als er uns entdeckte blieb er verblüfft stehen.

»Was macht ihr denn hier?«, rief er erstaunt aus.

»Thomas!«, antwortete Michael genauso erstaunt.

»Was macht ihr hier?«, fragte Thomas nochmal. »Und wen habt ihr denn da mitgebracht?«

Wir stellten uns vor und erzählten ihm die ganze Geschichte.

Da drehte sich Thomas zu dem Mann um und sagte: »Du kannst sie ruhig durchlassen.«

Er brachte uns sogar ins Büro des Kommissars. Wir erzählten ihm die ganze Geschichte und dass wir der Meinung waren, dass der Einbruch und die Stellung eine Nummer zu groß für uns waren. Er lehnte sich nachdenklich zurück.

Dann meinte er: »Das war eine gute Entscheidung. Und ihr meint, nur das Haus umzingeln, damit er nicht abhauen kann?«

Wir nickten.

»Es ist nur mein kleiner Bruder, er wird allein auf das Grundstück gehen. Selbst wenn meine Eltern dabei sein sollten, werden sie etwas weiter weg warten«, antwortete Tanja.

Ich wunderte mich darüber, wie neutral sie das sagte. Auch Kommissar Berger zog eine Augenbraue hoch, doch er sagte nichts.

»Na gut, wir werden uns verstecken, damit man uns nicht entdeckt und wenn der Junge rauskommt, mit oder ohne euch, werden wir ihn umstellen. Zur Sicherheit.«

Wir waren uns schnell einig. Dann bedankten wir uns und gingen zu unserer Villa.

10. Des Rätsels Lösung

Wir fieberten förmlich dem Abend entgegen. Irgendwann seufzte meine Mutter und schlug vor, den Ablauf des Abends zu planen. Damit waren wir dann erst mal beschäftigt. Um elf versteckten sich die Polizisten, falls Tanjas Bruder früher kommen sollte. Auch wir nahmen unsere Positionen ein.

Kurz vor Mitternacht durchbrach ein Rascheln die Stille. Dann öffnete sich das Wohnzimmerfenster. Es war wie beim letzten Einbruch gekippt, wie mir am Morgen darauf eingefallen war. Eine komplett in schwarz gekleidete Gestalt stieg auf leisen Sohlen hinein. Tanjas Bruder schlich sich durchs Wohnzimmer in Richtung Flur. Tanja und ich zogen uns weiter hinter die Kommode zurück und die anderen versteckten sich hinter dem Türrahmen. Als Tanjas Bruder ein Stück weit in den Flur gelaufen war, stellten Tanja und ich uns ihm plötzlich in den Weg und blendeten ihn mit unseren Taschenlampen. Im selben Moment hatten die anderen ihm lautlos den Weg zum Wohnzimmer versperrt. Er war umzingelt.

»Wa...was...was macht ihr denn hier?«, stammelte er erschrocken.

»Was wir hier machen?«, fragte Tanja mit gespieltem Erstaunen.

»*Ich* wohne hier«, antwortete ich.

»Aber ich frage mich, was das dich interessiert?« Tanja sah ihren Bruder herausfordernd an.

»Ich...ich« Da fing er sich wieder. »Das geht euch gar nichts an!«, gab er trotzig zurück.

»Ach ja?« Langsam wurde ich sauer. Glaubte er wirklich, dass wir ihm das abkauften?! »Ich habe sehr wohl ein Recht darauf, zu erfahren, was du hier in meinem Haus zu suchen hast!«

»Ich bin ihr Bruder!«, versuchte er sich herauszureden.

»Andries, glaubst du wirklich, dass du so durchkommst?« Tanja sah ihn halb mitleidig, halb herausfordernd an.

»Für wie blöd hältst du uns eigentlich?«, fragte ich, bevor er etwas sagen konnte. »Du warst doch schon einmal hier, glaubst du, ich hätte dich nicht wiedererkannt?«

Jetzt schnappte er empört nach Luft. »Was wird das denn hier? Ein Verhör?«

»Um genau zu sein, ja.« Milla machte sich und die anderen endlich bemerkbar.

»Oma?!«, rief Andries ehrlich erschrocken.

»Genau«, sagte sie nur.

»Und jetzt nochmal die Frage: Was hast du hier zu suchen?«, fragte Malte.

Als Andries nicht antwortete, fragte Tanja weiter: »Deine Eltern haben dir den Mist eingeredet, stimmt's? Einfach in irgendein Haus einzubrechen!«

Ihre Stimme klang wütend, aber ihre Worte waren sorgfältig zurechtgelegt worden.

Ihr Bruder schnaubte. »*Meine* Eltern?! Als ob es nicht auch deine wären. Außerdem mache ich das hier nicht einfach so!«

Doch Tanja schaute ihn nur mit schmalen Augen an.

»Jetzt hast du zu viel verraten!«, knurrte da Michael.

Andries schaute in die Runde. »Sechs gegen einen.« Er schnaubte noch einmal.

»Und du warst immer gegen Feigheit!« Er schaute Tanja an.

Ich merkte, wie sie lautlos nach Luft schnappte, damit ihr Bruder es nicht bemerkte.

»Erstens brauchst du deine Schwester nicht beschuldigen, dass sie hier rein gerutscht ist, zweitens braucht man halt ein paar um jemanden zu umzingeln und drittens geht das uns hier alle was an. Obwohl, nein, deine Eltern waren ja zu feige um selbst hierherzukommen. Lassen dich schön alleine einbrechen, hab ich nicht recht?« Ich hatte in letzter Sekunde verhindert, dass er den Spieß umdrehte und sah ihn nun herausfordernd an. Ich wollte ihn aus der Reserve locken. Was mir auch gelang.

»Ich bin eben kleiner und flinker!« Seine Stimme klang schrill, er wusste anscheinend nicht mehr weiter.

Tanja schnappte nach Luft. Ob sie wütend oder empört war, konnte ich gar nicht sagen. Wahrscheinlich beides.

»Das ist ja wohl die Höhe! Vater hat Opa gehasst wie die Pest, er hat seine Kriminalität ver-ab-scheut! Und jetzt?! Jetzt bringt er seinen eigenen Sohn dazu zum *zweiten* Mal in ein Haus einzubrechen! Nur damit er an Opas Erbe kann! Du suchst die Karte, hab ich recht?! Und den Schatz, hm?! Beides wirst du nicht bekommen! Das verspreche ich dir!« Sie schnappte noch einmal nach Luft, wie nach einem 100-Meter-Lauf. »Und ihr über alles geliebter Sohn hat ihnen das natürlich geglaubt. Alles hast du *ihm* geglaubt, dass Opa ein gemeingefährlicher ist und dass er sich schäme, mit ihm verwandt zu sein. Du wolltest es ihm ja recht machen, oder? Deinem geliebten Vater?«, zischte sie verbittert.

Für einen Moment lang starrten sich die beiden Geschwister schweigend und finster in die Augen. Irgendwann riss Michael der Geduldsfaden und packte Andries bei der Schulter.

»Du wirst uns jetzt zu deinen Eltern bringen, damit wir das jetzt ein für alle Mal klären, hast du mich verstanden?«, ordnete er an.

Andries nickte stumm.

»Aber ohne Theater!«, forderte Malte.

Andries murrte etwas Unverständliches, doch er nickte.

»Na dann los!« Julian ging vor.

Michael und Malte nahmen Andries in die Mitte und wir anderen bildeten den Schluss. Plötzlich fiel mir etwas ein. Ich flüsterte Milla und Tanja etwas ins Ohr. Sie nickten. Dann lief ich an den anderen vorbei um die Ecke in die Küche. Dort saß meine Mutter.

»Mama, du musst sofort raus gehen und den Polizisten sagen, dass sie uns nicht umzingeln sollen, sondern in ihren Verstecken bleiben und uns dann unauffällig folgen sollen. Vielleicht können wir das friedlich klären, aber sie sollten zur Sicherheit mitkommen«, wisperte ich ihr zu.

Sie nickte und machte sich auf den Weg nach draußen. Ich ging wieder zu den anderen, die in diesem Augenblick um die Ecke bogen. Malte warf mir einen fragenden Blick zu.

Ich machte eine wegwerfende Handbewegung. »Ich hatte nur etwas in der Küche vergessen«, log ich, um Andries keine falschen Hoffnungen zu machen.

An der Haustür wartete meine Mutter.

Sie hielt uns die Tür auf und sagte noch: »Kommt nicht so spät heim. Du weißt, morgen ist noch einmal Schule, Miriam.«

Ich nickte und fragte sie ganz leise, ob die Polizei mitspielte. Sie nickte und schloss die Tür. Andries lotste uns durch die Straßen.

Irgendwann fragte Tanja leise: »Der geht doch nicht ernsthaft zu unserem Haus?«

»Doch«, antwortete Milla, die alles mit gehört hatte.

Sie zückte schon einmal ihren Haustürschlüssel.

»Die werden ja wohl nicht auch bei uns eingebrochen haben«, sagte sie.

Nach einer Weile bogen wir tatsächlich in die Straße ein, in der Milla und Tanjas Haus stand. Dort standen auch Tanjas Eltern und ihr Onkel. Als ihr Vater uns erblickte, verfinsterte sich sein Blick. Doch bevor er etwas sagen sollte, meinte Milla: »Lasst uns das doch drinnen klären.«

Sie schloss die Haustür auf und ließ die Besucher eintreten. Ich hatte mich etwas abseits hingestellt, zu einem Busch, hinter dem, meinen Beobachtungen zur Folge, sich Kommissar Berger versteckt hielt.

»Wir versuchen das zu klären. Stellen Sie sich bitte vor die Tür und wenn wir Hilfe brauchen, dann öffnen wir sie«, flüsterte ich ihm zu.

In der Dunkelheit sah ich, wie er nickte: »Aber treibt es nicht zu weit, es soll ja nichts passieren.«

Ich nickte, dann ging ich als letzte ins Haus. Niemand hatte bemerkt, dass ich erst mit Verzögerung eintrat, denn der Streit war schon im vollen Gange.

»Du hast uns unsere Tochter weggenommen!«, schrie Tanjas Vater gerade zornig, als ich die Tür schloss.

Ich wunderte mich, dass er deutsch konnte. Er hatte wahrscheinlich einen alten Streit wieder ausgegraben,

»Das stimmt doch überhaupt nicht! Sie ist ganz von alleine zu mir gekommen! Und ihr habt euch nicht mal darum gekümmert, dass es plötzlich einen weniger im Hause gab! Und jetzt, jetzt wo klar ist, dass Rafael was vererbt hat, fällt euch ja ein, das ihr noch eine Tochter habt und dass euch ein Teil von Rafaels Erbe zu steht, wenn er im Testament nicht etwas anderes geschrieben hat! Nur blöd, dass er darin aber ausdrücklich verlangt hatte, dass wir es bekommen, nicht ihr! Und deshalb bringt ihr Andries zum Einbruch?! Ihr verdammten Erbschleicher, ja, genau das seid ihr!«, schrie Milla zurück.

»Jahrelang habt ihr euch nicht um mich gekümmert!«, sagte Tanja und der Hass in ihrer Stimme war nicht zu überhören. »Über Opa und seine Kriminalität habt ihr euch immer aufgeregt, und jetzt?! Jetzt werdet ihr selbst kriminell!«

Tanjas Mutter schnappte nach Luft. »Das ist doch gar nicht wahr! Ich habe es nie verkraftet, dass du uns wie meine Mutter verlassen hast! Ich wollte dich zurückholen, aber...aber...« Ihre Stimme erstarb unter ihren Tränen.

»Aber mein Vater hat es dir verboten! Hab ich nicht recht?! Genauso, wie dass er Andries eingeredet hat, dass es das Beste ist, wenn Opa gefangen wird und die Todesstrafe bekommt.« Tanja sah ihre Mutter so wütend an, dass sie noch blasser wurde.

Da holte Tanjas Vater aus und bevor ihn irgendjemand daran hindern konnte, erteilte er Tanja eine Ohrfeige, dass es mich schon beim Zusehen schmerzte.

»Wie kannst du es wagen, mir so etwas anzuhängen!«, schrie er.

Ich wollte zur Tür, damit der Kommissar ihn davon abhalten konnte, noch einmal handgreiflich zu werden. Doch nun schien er sich auch seine Frau zum Feind gemacht zu haben. Ich hielt inne.

»Wie kannst *du* es wagen, *meine* Tochter zu schlagen!<<, schrie Tanjas Mutter.

Sie wollte zu Tanja, doch Milla zog diese zurück. Im gleichem Moment wurde Tanjas Mutter von ihrem Mann an der Schulter gepackt und grob daran gehindert.

»Das reicht!«, mischte sich da Tanjas Onkel ein. »Ich rufe jetzt die Polizei, dann werden wir ja sehen, wer hier kriminell ist!«

Ich öffnete die Tür und meinte: »Das ist nicht mehr nötig.«

Kommissar Berger nickte. »Wir haben alles mit gehört und kennen die ganze Geschichte aus der Sicht dieser Leute.« Er deutete auf uns. »Und Sie werden alle mit aufs Polizeipräsidium kommen.«

Als meine Mutter vor dem Polizeipräsidium hielt, sah sie sehr abgehetzt aus.

»Ich hab schon gedacht, es sei etwas passiert, als plötzlich ein Polizist angerufen hat.« Sie seufzte.

»Aber wie du siehst, geht es uns gut«, sagte ich beruhigend.

Wir hatten gerade ein Verhör hinter uns gebracht, bei dem jeder noch mal die ganze Geschichte mit allen Einzelheiten aus seiner Sicht erzählt hatte.

Nachdem wir die Auskunft bekommen hatten, dass Tanjas Eltern sowie ihr Onkel in Untersuchungshaft saßen und bald vor Gericht geführt werden, fuhren wir nach Hause.

»Miri! Du musst jetzt aufstehen! Ich habe keine Lust, dein Zeugnis abholen zu müssen.«

Ich wälzte mich stöhnend auf die andere Seite. Dann setzte ich mich auf. Als wir vom Polizeipräsidium gekommen waren, war es fast zwei Uhr gewesen. Ich konnte vor lauter Aufregung überhaupt nicht schlafen. Sprich: ich war hundemüde. Trotzdem quälte ich mich aus dem Bett.

»Beeil dich, in einer Viertelstunde beginnt der Unterricht!«, sagte meine Mutter hektisch, während ich noch halb schlafend auf meinem Frühstück herum kaute. Dann fuhr sie mich zur Schule.

Als ich endlich und zum letzten Mal für sechs Wochen über den Schulhof lief, sah ich Tanja auf mich zu kommen.

»Na, hat sich dein Bruder schon bei euch einquartiert?«, fragte ich sie, nachdem wir uns begrüßt hatten.

Andries wohnte jetzt nämlich bei Milla und Tanja. Er hatte am Abend zuvor kleinlaut bei Milla um Asyl gebeten und sie hatte ihn natürlich unter ihre Fittiche genommen.

Tanja nickte. »Es tut ihm alles so furchtbar Leid. Ich kann's ihm aber nicht verübeln. Ich hab das ganze meinem Vater ja auch geglaubt, bis ich Opa persönlich kennengelernt habe. Andries hat ihn ja niemals zu Gesicht bekommen«, erzählte sie, während sie mich begleitete.

»Warum hast du auf mich gewartet? Hast du mir etwas mitzuteilen?«, fragte ich neugierig.

Tanja ließ sich nicht lange bitten. »Wir haben uns Opas Erbe mal genau angesehen und danach sortiert, was er mal gestohlen hatte und was nicht. Auf einem der Zettel stand, das Opa die eine Insel geerbt und nun an uns weitervererbt hat. Das heißt, dass die Insel,

auf der wir als erstes waren, nicht euch, sondern uns gehört. Die andere, zu der der Tunnel von der Villa führt, die gehört euch.«
»Und wem gehört der Tunnel, mit dem unsere Inseln verbunden sind?«, fragte ich lachend.
Tanja grinste. »Den teilen wir uns brüderlich. So müssen wir nicht immer rüber rudern, sondern können gemütlich durch den Tunnel gehen.«
»Und was ist mit dem restlichen Erbe?«
»Das was er gestohlen hat bringen wir natürlich zurück. Ich hab mal recherchiert und herausgefunden, das viele der Läden, die Opa bestohlen hat, immer noch einen Finderlohn ausschreiben. Und jetzt halt dich fest, das ist bei jedem Laden circa drei Viertel des Wertes der Beute. Das ist ziemlich viel, vor allem, wen man bedenkt, dass es ja schon Jahre her ist.«
Ich schaute sie ungläubig an. »Also, ich hätte jetzt auch nicht gedacht, dass da noch so viel bei rausspringt.«
»Aber ich bin auch wegen einem anderen Grund hier. Ich wollte nochmal auf die zwei Inseln, denn das Rätsel ist ja noch nicht ganz gelöst.«
»Wegen der Kreide?«, fragte ich.
Sie nickte. »Für irgendetwas muss sie gut sein.«

Nach dem Mittagessen packten wir die Kreide ein, die noch immer bei mir lag, und gingen durch den Keller auf die Insel und von dort aus in den anderen Gang. Wir liefen die Treppe hinunter und schauten uns den Plan von den Gängen an. Da kam mir die Erleuchtung.

»Wenn diese Zeichen bedeuten, das die jeweiligen Gänge in Fallen enden, kann es doch möglich sein, dass wir vielleicht dafür die Kreide benutzen können, oder?«, fragte ich.

»Natürlich! Das ich da nicht gleich drauf gekommen bin! Opa wollte bestimmt, das die Inseln weiter genutzt werden.« Schnell machte Tanja eine Skizze vom Plan.

»Deswegen hat auf der Karte ›Viel Spaß auf den Inseln‹ gestanden«, meinte ich.

»Stimmt! Ich hatte mal diesen Satz übersetzt. Er stand ganz unten am Rand, ganz klein. Aber dann hatten wir das wieder vergessen«, erinnerte sich jetzt auch Tanja. »Das hätte uns vielleicht weiterhelfen können!«

»Zu spät. Jetzt haben wir endgültig das Rätsel gelöst«, meinte ich und holte die Kreide hervor.

Mit Hilfe des Plans malten wir an jede Ecke einen roten und einen grünen Pfeil. Als wir auf der anderen Insel oben angekommen waren, verschoben wir die Kiste, die das ein- und aussteigen erschwerte und verstauten darin die Schachtel Kreide, die Stifte und den Block.

»Wir werden wohl in der nächsten Zeit hier aufräumen müssen«, meinte Tanja.

Ich nickte. »Und nicht nur das«, fügte ich seufzend hinzu. »Ich glaube, da kommt noch einiges auf uns zu.«

Darauf lächelte mich Tanja geheimnisvoll an. Sie machte eine entschuldigende Geste und meinte grinsend: »Mein Opa ist *The Black Hand*!«

MIX
Papier | Fördert
gute Waldnutzung
FSC® C083411

Zeitfracht Medien GmbH
Ferdinand-Jühlke-Straße 7
99095 Erfurt, Deutschland
produktsicherheit@kolibri360.de